俺はどちらも救う。
どちらも失いはしない!!

SHY NOVELS

少年は神と愛を誓う

夜光花

イラスト 奈良千春

CONTENTS

少年は
神と
愛を誓う

1 モルドレッドの闇

Darkness of Mordred

モルドレッド・ペンドラゴンは一心不乱にペンを走らせていた。

凍えるような寒さがモルドレッドを包んでいる。使用人が食事を運んできた際に、今日は雪が降っていると言っていた。どうりで指の動きが鈍いはずだ。毛布を被っていても、底冷えする空気がしんしんと迫ってくる。

かじかんだ指で力を込めて書いていたせいか、ペン先が折れて紙にインクの滲《にじ》みが広がった。

「クソ……ッ」

モルドレッドは怒りを露《あらわ》にし、書きかけの便箋《びんせん》をぐしゃぐしゃに丸めて床に投げ捨てた。

代わりのペンを探そうとして、自分にはこのペンしかなかったことに気づく。代わりのペンを得るには、十日ごとに訪れる使用人に要望を伝えなければならない。使用人は毎日来るが、モルドレッドにペンをくれる使用人は一人だけだ。

モルドレッドは白い息を吐き出して、頭を抱え込んだ。

かつてはキャメロット王国の第二王子としてもてはやされていた自分が、どうしてペンの一本に困窮する羽目になったのか。……それもこれも、すべて神の子のせいだ。

（私は……このままここで朽ち果てるのか）

モルドレッドはうつろな眼差しをテーブルに向けた。白く細長い蠟燭《ろうそく》が炎を揺らめかせている。頼りなげな炎はまるで自分のようだ。

モルドレッドに与えられた部屋は、窓のない暗く陰湿な一室だった。家具はベッドとテーブルだけで、あとはお情けでもらった数冊の書物があるのみだ。朝と夜がいつくるのかも分からない、地獄のような状況だ。食事は一日一回、使用人が運んでくる。手足は痩せ衰え、嫌な咳も出るようになった。毛布と数枚の衣服しかないから、歯が鳴るほど寒い。暖炉《だんろ》のない部屋で冬を越すのは初めてだ。

石造りの塔で過ごす冬は、ことのほか己の罪を自覚させた。父王を殺し、このキャメロット王国を転覆させかけた――それがモルドレッドの罪だった。

今、モルドレッドは王宮の西にある塔に幽閉されている。最後に会った時、兄であるアーサーは同情めいた眼差しで自分を見ていた。

「母上が泣いてすがるので、お前の命をとりはしない。だが、父王を殺した罪、死ぬまで後悔し続けるがいい。こんなことになって残念だ。お前とはともにこの国を守る立場で協力できると思っていたのに……」

アーサーはそう言って自分に背中を向けた。あの時、自分は現実と空想のはざまにいた。アーサーはモルドレッドがたくさんの人を手にかけたというが覚えていない。父王を殺したことは覚えているが、あれは仕方ないことだった。父王は頭がおかしくなっていたのだから。暴走する父王を止めるのは息子である自分の使命――そう神の子が囁《ささや》き続《つづ》けたせいだ。

(樹里《じゅり》……)

モルドレッドは冷えた指先を冷たい唇に押し当てた。

儀式の日がきて、神の子がお披露目された時、なんと美しい人だろうと胸を打たれた。この国では言い伝えがあって、王の子と神の子が真に結ばれし時、子どもを授かり、この国にかけられた呪いを解くと言われている。モルドレッドは幼い頃からそれを聞かされて育った。いつか自分がこの国の呪いを解く勇者になる。そんな夢を見たこともあった。まだ見ぬ神の子はどんな子だろうと期待したものだ。だから樹里を初めて見た時、想像以上に綺麗で、一目惚れをした。モルドレッドは自分こそがこの国を救う勇者になると決めた。美しく凜《りん》とした姿の樹里から愛される勇者に。

兄であるアーサーは幼い頃から、自分勝手な男だった。人の話は聞かないし、物事を力で解決しようとするし、兄貴風を吹かせる嫌な奴だ。自分のほうが頭もいいし、この国の将来についてたくさん考えている。それなのに、民や使用人は皆アーサーを好いている。騎士団を率いているからだろう。この国では騎士団の力は絶大で、それを指揮するアーサーに人気が集中するのは当然だ。

だが、樹里の心を射止めれば、それも変わると思った。

樹里と真実の愛を結べば、民は自分のほうを向いてくれるはずだ。この国を救う勇者になるのだから、アーサーなどに負けはしない。

（いつ、間違えたのだろう……。私は、何故、こうなった……？）

モルドレッドは髪を掻きむしった。ろくに湯浴《ゆあ》みもできなくなったから、髪はぼろぼろだ。肌はがさつき、手は老人のようになっている。

真の神の子だと主張するジュリが現れた時から、すべてがおかしくなった。

樹里の心が自分に向いていないというのは気づいていた。認めたくないが樹里はアーサーといる時のほうが楽しそうだった。自分の何が劣っているのか分からなくて、あの頃は本当に苦しかった。だがジュリが現れ、樹里は牢《ろう》に入れられた。ジュリは初めて会った時から、モルドレッドに特別な笑みを向けてくれた。

「モルドレッド王子、私のことを可愛がってくれますか……？」

ジュリは儚《はかな》げな笑みを浮かべ、そう言った。白く細い指が絡んできて、得《え》も言われぬ恍惚とした思いを味わった。樹里は振り向いてくれなかったが、ジュリは数日後にはモルドレッドの閨《ねや》に忍び込んできた。

今度こそ、アーサーに勝てると思った。

真の神の子を胸に抱き、自分こそがキャメロットを治める王になれるのだと。

だが、幸せは長く続かなかった。

ジュリがユーサー王の異変を訴えてきたのだ。ユーサー王がおかしくなり、私に伽《とぎ》の相手を強要する、と。ジュリに夢中だったモルドレッドは、怒りを抑えられなかった。神の子は王の子と結ばれるべきなのに、ユーサー王が乱心したと思ったのだ。ジュリを誰かと共有することは耐えられず、ユーサー王の下劣なふるまいは見逃せなかった。

だから父王を殺した。これでキャメロット王国はまともな道に戻れると信じて。

その先は悪夢のようだった。アーサーが帰還し、自分を反逆者とののしった。あの頃、まともに頭が働いていなかった。ジュリの妖術にやられたのか、ジュリの言いなりだった。魔女モルガンが現れ、ジュリが連れ去られ、モルドレッドは塔に幽閉された。

(アーサーは非道な男だ……、邪魔な自分を追い払いたかっただけだ)

モルドレッドは折れたペン先を指で摘まみ上げた。

あれから数カ月が過ぎ、モルドレッドは囚人としてこの塔で暮らしている。地獄のようなこの生活から何とかして抜け出さなければならない。このままここで朽ち果てるのだけはごめんだ。そのためならどんなことだってする。

モルドレッドは床に投げ捨てた紙を綺麗に伸ばした。貴重な紙を丸めるなんて、愚かな行為だった。

指先でペン先を持ち、必死に一字一字紙に書き込んでいく。この手紙をなんとしても届けてもらわなければならない。自分をここから救い出せる唯一の手紙なのだから。

明日この塔に訪れる使用人は、モルドレッドの味方だ。一カ月ほど前、食事を運ぶ際に小声で話しかけてきた。

「お可哀想な王子様。私はあなたの味方です。どうか心を強く持ってください」

背中の曲がった小柄な老人は、しわがれた声でそう囁いた。そして食事と共に、禁じられているはずの新しい書物を差し入れてくれた。それからは彼が現れるのが唯一の楽しみとなった。

小柄な老人は名前をダルーガと名乗った。ダルーガは十日ごとにやってくる。紙とペンも持ってきてくれた。そして、モルドレッドを救ってくれそうな人に手紙を書くといいと勧めてきたのだ。

モルドレッドはダルーガに感謝し、母に手紙をしたためた。ユーサー王を殺したのはすべてキャメロット王国を守るためであったこと、自分は悪くないこと、ここから出してほしいことを切々と訴えた。母に二回手紙を送ったが、返事はなかった。三通目の手紙を書こうとしたが、ダルーガに止められた。

「モルドレッド様、それよりも別の方へ手紙を書いてはいかがでしょう。あなたを助けてくれそうな方はいませんか？」

ダルーガは親身になって、ここから逃げる術《すべ》を一緒に考えてくれた。キャメロットと敵対する人物に心当たりがないかと言ってきたのだ。最初は何を馬鹿な、と思ったが、よくよく考えたら一人だけいた。今の自分には利用価値はないかもしれないが、駄目でもともと、手紙を書いてみようと決意した。

ダルーガは人を見る目のある老人だった。前々からアーサーではなくモルドレッドが王になるべきだと思っていたらしい。こういう状況になって、初めて誰が本当の味方か分かる。

ダルーガが来るのは明日だ。それまでにこの手紙をなんとしても書きあげなければならない。

自分をこの塔から救い出し、日の光の下に連れ出してくれる人物。

これはキャメロット王国に対する裏切り行為かもしれないが、先に裏切ったのはアーサーなのだから自分に咎《とが》はない。それにいずれ自分が戻ってきてこの国を治めることになれば万事元通りだ。

寒くて指先が動かない。文字はひどく乱れている。それでもこの思いは伝わるに違いない。

モルドレッドはひたすら文字を綴《つづ》った。

――魔女モルガンへの手紙を。

Camelot Kingdom

2 夢魔

A Succubus

海老原樹里《えびはらじゅり》は窓から顔を出し、日向ぼっこをしていた。

長い冬が終わり、このキャメロット王国にも春が訪れつつあった。雪はまだ少し残っているものの、日差しは暖かく、緑が芽吹いている。木々に花の蕾《つぼみ》を見つけると、本当に春がくるのだなと感慨深くなった。日本にいた時はそんなこと一度も思わなかったのに、環境が変わると思考も変わるらしい。母と二人で花見に行った日のことを懐《なつ》かしく思い出した。

「樹里様、まだ寒いですよ。木戸を閉めて、温かいお茶でも飲んでください」

ぼーっと空を見上げていると、後ろから説教めいた声が聞こえてきた。ついで足元にいた大きな銀色の獣がのっそりと起き上がり、ぐーっと伸びをした。振り返ると目の前には細身の少年が立っている。日に焼けた肌に小生意気そうな目をした樹里の従者で、名前をサンという。足元にいる銀色の豹《ひょう》みたいな生き物は、元飼い猫のクロだ。額に三日月を逆さにしたマークが残っているのがその証拠で、樹里のいた世界では確かに黒猫だったのだが、銀色の豹に変わってしまった。この世界では神獣と呼ばれている。

樹里がいるのは神殿の中の一室だ。ふつうの高校生だった樹里は、ある日魔術師のマーリンが扮する中島《なかじま》という教師に湖に突き落とされて、このキャメロット王国に連れてこられた。月が二つあったり、同性愛がふつうだったり、見たことのない生き物が空を飛んでいるこの世界で、樹里は神の子と呼ばれ大切にされている。

マーリンは以前、主人に害を及ぼすものとして、樹里の命を狙っていた。マーリンの主人であり、キャメロット王国を治めているのはアーサー王だ。騎士団を束ねるいかにも王様といった風格のある男で、特別な存在だ。樹里はこの異世界で、アーサーと恋仲になった。

この国では古《いにしえ》から伝わる言い伝えがある。王の子と神の子が真の愛で結ばれた時、子どもが生まれ、魔女モルガンのかけた呪いを解くというものだ。単なるおとぎ話かと思ったが、男であるはずの樹里は現在妊娠している。言い伝えは本当だったらしい。樹里自身は未《いま》だ認められずにいたが、妖精王が言うのだから本当なのだろう。

この国には魔女モルガンの呪いがかけられている。

魔女モルガンは恐ろしい存在だ。王都に姿を現した際、街を破壊し、たくさんの死傷者を出した。魔女モルガンはこの国を乗っ取ろうとしていて、その昔、魂分《たまわ》けの秘術を行った。自分と自分の子どもの魂を二つに分け、二人のモルガン、二人のジュリを生み出したのだ。魂を分けると、万が一本物のモルガンが殺されても生き返ることができる。モルガンは自分の子どもを神の子とすりかえ、いずれ国を内側から滅ぼすつもりだった。

樹里と母は、日本で生まれ育った。モルガンの陰謀など知らず、自分たちの生い立ちについても何も知らなかった。マーリンが樹里の命を狙っていたのは、ひとえに樹里の生い立ち故だった。

そんなマーリンだが、樹里がアーサーの子を身ごもったと知った後は樹里を守るようになってくれた。まだ全面的に信用したわけではないが、味方になれば頼りになる男だ。

半年前、樹里はケルト族と和睦《わぼく》を結ぶためにケルトの村へ向かった。実はそれはモルガンの策略で、待ち伏せしていたジュリに襲われた。樹里を捕らえようとしたジュリだが、お腹《なか》にアーサーの子を宿していた樹里には妖術が効かなくなっていた。樹里はランスロットのおかげで逃げ延びたが、マーリンや仲間が捕らえられ、危険な状態となった。妖精王の力でアーサーが助けに来てくれて、ケルト族のグリグロワと一計を案じ、ジュリを討った。だが、それを知った魔女モルガンが現れ、怒りに任せてケルトの村ごと樹里たちを滅ぼそうとした。アーサーが地下神殿で手に入れた騎士ランスロットの特別なネックレスを投げつけて魔女モルガンを追い払わなければ、今頃どうなっていたか。魔女モルガンは去り、ケルトの村とも和睦を結んだ。万事丸く収まった——と言いたいところだが、一つだけ気がかりがある。

あれから半年が過ぎたのに、ランスロットがまだ戻らないのだ。

ランスロットは姿を変えたガルダに陥《おとしい》れられ、理性を失い獣と化した。ランスロットはアーサーを殺さずにはいられない術をかけられてしまい、それを解くことはできなかった。忠臣ランスロットはそんな己を厭《いと》い、樹里に殺してくれと迫った。樹里は一か八かと、妖精の剣でランスロットの胸を貫いた。ランスロットは一見死んでしまったように見えた。その後、妖精王が助けにきてランスロットの身をどこかに運んだのだが、半年が過ぎた今でも音沙汰はない。どうなっているのか不安でたまらない。実は妖精王にも蘇生できなかったのではないかと嫌な考えばかり浮かぶ。考えても仕方ないし、妖精王からの連絡を待つしかないのだが、日々ため息がこぼれる。

とはいえ、それ以外は王都は平和だった。本格的な冬が訪れ、雪が降ってきて、キャメロット王国は冬眠しているみたいに静かな時間を過ごした。春が訪れた今、魔女モルガンが襲いに来ることもないし、変事が起こっている様子もない。

樹里はまったりと過ごしている――はずだったのだが。

「ふわあぁぁ……」

サンの淹《い》れたお茶を飲みながら、樹里は大きなあくびをした。

「またそんな大口を開けて。はしたないですよ」

クロのブラッシングをしていたサンが、小姑《こじゅうと》みたいに言ってくる。樹里は大きなテーブルに突っ伏して、「さーせん」と呟いた。

「樹里様、最近あくびばかりですね。眠れないんですか?」

気になった様子でサンが覗き込んでくる。

「や、うーん。そういうわけじゃないんだけどぉ……。ちょっと夢見が」

樹里はもごもごと言い訳した。ふとクロが耳をぴんと立てる。続けてノックの音がして、ホロウが姿を現した。ホロウは四十代くらいのひげの長い男で、神官長だ。ガルダが偽りの姿で潜り込んでいたのを見破れず、キャメロット王国に多大な損失を負わせた責任を取って神官長を辞任したのだが、可哀想なので続行するよう樹里が大神官に頼んだ。大神官も今回は仕方ないとして、減給するという処罰で勘弁してくれたのだ。

「樹里様、アリデューク卿より貢物が献上されましたのでお知らせを。葦毛《あしげ》の馬が三頭と山羊が三頭、果実と干《ほ》し芋《いも》をたくさんいただきました」

ホロウは手に果実と干し芋が入った籠《かご》を持っている。サンが目をきらきらさせて受け取り、樹里を振り返った。

「連日、山ほどの貢物がありますね。民は皆、樹里様に期待しているようです」

サンとホロウはにこにこしている。樹里は同じように笑えなくて、引《ひ》き攣《つ》った笑みを浮かべるだけだ。

半年前、モルガンと闘った際、樹里の腹にアーサーの子どもがいることがばれた。モルガンは騎士たちの前で言ったので、王都に戻った騎士たちは樹里が妊娠していることをあちこちに触れ回った。そのせいで、たくさんの人が神殿にやってきて樹里に貢物をする状況になったのだ。街を歩けば「お腹の子にどうぞ」とか「ご懐妊、おめでとうございます」とか言われ、樹里としてはいたたまれない気持ちでいっぱいだ。男の自分が「妊娠おめでとう」と言われる日がくるとは思わなかった。恥ずかしいし、なんと言っていいか分からないし、本当に対応に困る。

「あ、ありがと……。あとでお礼状書くから……」

うつむき加減でそう呟くと、ホロウは一礼して去っていった。

樹里が妊娠したことは国中が知ることとなったので、当然民から次は婚儀をという話が持ち上がった。けれどこれに関しては樹里は頑《かたく》なに拒絶し、本当に子どもが生まれたら結婚してもいいと答えた。まだ樹里の腹は妊婦のように膨れていないし、何かの間違いということもある。それに間違えて迷い込んだ未来では、王妃となった樹里が悲惨な状況に置かれていた。未来を変えるという意味でも、まだ結婚は早いと思うのだ。

(そもそも俺、男なのに、男と結婚って……。いや、そりゃアーサーは好きだけどさ)

バージンロードを歩く時は、新郎の姿で歩くつもりだったのに、まさかのウエディング姿とか、笑うに笑えない。

少々の問題はあるが、王都は平和だった。樹里もアーサーと仲良く過ごしている。

「干し芋って美味いんだな」

贈り物の干し芋をかじりながら、樹里は床にこんもりとたまったクロの毛を眺めた。クロは換毛期なのか、サンがブラッシングすると大量の毛が抜けた。冬に入り以前より一回り大きくなった気さえする。いつか元の黒猫に戻るのだろうか?

「美味しいですねぇ」

サンは甘いものが大好きなので、むさぼるように干し芋を食べている。こういうところはまだ十一歳の子どもだと思う。

「さ、樹里様。おやつを食べたら勉強ですよ。お礼状は自分の字で書かないと」

干し芋を途中で取り上げられ、サンに厳しく言いつけられた。この世界についてぜんぜん知らない樹里は、サンに字や常識を習っている。小さいながらもサンは物知りで、特に薬草に関する知識はすごい。

「へーい」

適当に返事をしている樹里だが、このキャメロット王国でずっと暮らしていく決意は固まっている。もっとこの国について学ぼうと、日々勉強中の身なのだ。

午後になると少し風が出てきて、肌寒さを感じた。

春先なのでまだ朝晩は冷える。午後にはアーサーから街を回ろうという誘いがあったので、樹里はサンとクロと一緒に出かける支度をした。ブーツを履き、フードのあるマントを羽織り、寒さ対策をした。こんな時カイロがあればなぁと思う。自分の世界からあらゆる薬やいろんな道具を持ち込んだ樹里だが、カイロは思いつかなかったのだ。

「樹里様、アーサー王に会いに行かれるのですか？」

神殿を出る間際、神兵たちに笑顔で声をかけられた。以前、騎士団と神兵はひどく仲が悪かったのだが、最近は親睦が生まれている。樹里とアーサーが仲がいいからだとサンは言う。王宮と神殿が一つになることこそ、民が望むものだと。

こんな時、ランスロットがいればと樹里は胸が痛む。騎士と神兵の懸け橋となったのは間違いなくランスロットだ。騎士団長でありながら神殿に入って樹里の警護を務めたことで、神兵も騎士も守るべき存在は同じということを身をもって伝えたのだ。実直で飾らないランスロットの人柄に神兵たちも好意を抱いた。

「早くランスロット様が戻ってくるといいですね……」

樹里の気持ちが分かるのか、サンもしんみりした口調だ。サンもランスロットと仲が良かったので、寂しいようだ。

神殿と王宮を繋ぐ道を辿り、樹里は城に入った。中世ヨーロッパでよく見かける石造りの城には衛兵が要所要所に配置され、樹里が通るたび挨拶してくる。アーサーはこの冬になって、やっと南側にある亡きユーサー王が使っていた部屋に移動した。以前使っていた部屋より広く、ユーサー王が好んでいたきらびやかな家具が並んでいるのだが、アーサーは物に対する執着がないので、平気で家具に傷をつけると従者が嘆いていた。

迷路みたいな廊下を通り、ようやくアーサーの部屋に辿り着くと、見知った衛兵が樹里に敬礼した。

「神の子、少々お待ちを」

衛兵が中に入って許可をとる。どうぞと言われて入ると小部屋があって、さらにまた扉がある。以前はすぐアーサーに会えたのに、いちいちもったいぶっている。王になったので警護のために仕方ないそうだ。

「樹里、悪い。ちょっと待っていてくれるか」

扉を開けると、長椅子にアーサーとマーリンが向かい合って座っていた。マーリンは樹里をちらりと見ると、そっけなくテーブルの書面に目を落とす。マーリンはアーサーの魔術師だ。長い髪に黒いだぼっとしたマントを羽織っていて、相変わらず樹里には愛想の一つも寄こさない。

サンとクロは扉の前で待っている。

「何か問題でも？」

樹里は気にせずアーサーの隣に腰を下ろした。アーサーは樹里を見て、ふっと優しく笑い、髪に口づける。凛々《りり》しい顔の金髪の青年――アーサーはこの国を束ねる王だ。たくましい胸板や人好きのする顔は、キャメロットの民に愛されるだけあって、ちょっと笑いかけられるだけで樹里の胸はときめく。強くてリーダーシップがあって、キャメロット王国自慢の王様だ。

「お前にも話しておこうか。週末に、ケルト族の民が数名やってくるのだが、彼らをどこに泊まらせるかを考えているんだ」

アーサーは書面を見て眉根を寄せる。ケルト族の民と聞いて、驚いた。半年前、樹里たちはケルト族の民と和睦を結んだ。グリグロワという印象深い次期ケルトの長《おさ》の顔は、今でも思い浮かべることができる。

「お前も知っているグリグロワが来る。まだ長は交代していないようだ。長となったらそうそうケルトの村を離れられないから、今のうちに見聞を広げるということだろうな」

アーサーが悩ましげに教えてくれる。ケルトの民がやってきたら、キャメロットの民たちは大騒ぎだろう。

「へぇー。そうなんだ」

「彼らは寝泊まりする場所に関する決まりがうるさくてな、太陽に向かって東の方角とか、毎朝水浴びをする場所が欲しいとか、なんだかんだと条件がある。仮の宿なんだから、どこでもいいだろうと思うんだが、太陽神がどうのと妥協してくれない」

　アーサーは呆れたように頭を振る。

「ケルト族は自然崇拝なので、致し方ないでしょう。この条件に当てはまる場所といえば、神殿のみですが、神殿には豊穣《ほうじょう》の女神が祭られております。彼らが自分たちの神以外は認めないということでしたら、新たな場所を造らねばならないかもしれません」

　マーリンは地図を見て淡々と述べる。

「神殿か……」

　アーサーは渋い顔で、ちらりと樹里を見る。

「お前、グリグロワに色目を使うなよ」

　とんでもないことを言われて、樹里は顔を赤くして腰を浮かした。

「だ、誰が！　なんだよ、その俺が今までも色目を使ってたみたいな言い方‼」

　ひどい中傷だと樹里は怒り心頭だったが、アーサーに訂正する気はないようだ。

「いつも使ってるだろ。お前の色香に間違いを起こす男が出ないよう、俺がどれだけ気を配ってると思っているんだ」

　重ねて言われ、樹里は怒りで開いた口がふさがらなかった。

「これ以上変な問題は起こさないでもらいたいものですね。私にはこやつの魅力はさっぱり分かりませんが……」

　マーリンにまで冷たい視線を向けられて、樹里としては納得できない。そもそも男同士の恋愛なんて、自分は嫌っていたのだ。今はだいぶ考えも変わったが、色目を使っているというのは言いがかりだ。

「言いがかりはやめてくれよな！　ってか……、なんでケルト族の人たちが来るの？」

ふと気になって聞くと、アーサーが目を細めてくっと口角を上げる。

「コンラッド川の近くに補給地を造る。その打ち合わせをかねてだ」

「補給地？」

コンラッド川はケルト村の近くにある大きな川だ。何度か樹里も渡ったことがあるが、見た目以上に深い川で、水位が低い時しか馬で渡れない。

「モルガンの棲《す》み処《か》に攻め入る際に、大量の兵を導入するための補給地が必要だ。食糧庫と武器庫、それに兵の救護所も設けるから、規模は大きくなるだろう」

アーサーの一言で樹里はどきりとした。モルガンとの戦いのための打ち合わせをケルト族とするというのか。このところアーサーの口からモルガンの名前が出ていなかったので、すっかり平和ボケしていた。

マーリンを見るとすでに何度もアーサーと話し合われてきたことなのか、表情を崩していない。

樹里は焦燥感にかられ、テーブルに広げられた地図を見た。

モルガンを倒すためのエクスカリバーはアーサーの腰に下げられている。マーリンから片時も離すなと言われ、アーサーはもともとの剣と合わせて常に二振りの剣を持つようになった。エクスカリバーはモルガンを唯一殺せる剣だ。だがその剣でモルガンを斬り殺したら、モルガンより先に樹里の母が死ぬ。

「モルガンの棲み処は魔術で造られているので、仮に入れたとしても多大な犠牲と共に前に進むしかありません。騎士団の者全員に魔術をかけられないような対策を施さなければなりません」

マーリンは淡々とモルガンの棲み処について話す。魔術で造られた棲み処とはどんなところだろう？

「魔術で家を一軒造ってるのか？」

モルガンに関する情報が欲しくて、樹里はマーリンに尋ねた。

「家ではなく城だ。私が暮らしていた頃は石造りだったが、今はどうなっているか分からない。場所は同じところにあると思うが……」

城と聞かされてますますモルガンの魔力の大きさを思い知った。

以前アーサーは王都の復興が終わったら、モルガン退治に行くと宣言した。モルガンに破壊された街は、あれからほぼ元通りになっている。むしろ治水などは以前よりも進歩して、下水の臭さが消えたと評判だ。アーサーは次のステップに進もうとしている。ランスロットを待つという選択肢はそもそもアーサーの頭にない。ランスロットがいなくても自分は強いという自信があるからだ。

（俺、どうしよう……）

真剣な顔で話し合うアーサーとマーリンを見ていたら、樹里は落ち着かなくなってきた。このままでは母が死ぬのを指をくわえて見ていることになる。だが、どんな手があるというのだろう？　ジュリの時は、自分の腹にアーサーの子がいるため死なずに済んだ。けれど母はそうはいかない。どうすれば母を生かしたままモルガンだけ倒せるのか——。

（モルガンを倒す、か……）

チクリと胸が痛んで、樹里は顔をうつむかせた。

最近、樹里は変だ。モルガンを倒すという話になると、胸が苦しくなって悲しい気持ちになる。母を殺されることとイコールだからだと思っていたが、そうではないのではないかと思い始めている。

（クソ、夢見が悪いんだよなぁ……）

今朝もうなされて起きたことを思い出し、樹里は爪を噛んだ。

「樹里？」

ふいに肩を揺さぶられて、樹里はハッとした。物思いに耽《ふけ》ってアーサーの声に気づいていなかったらしい。慌ててアーサーを見ると、怪訝《けげん》そうに首をかしげられた。

「ごめん、何か言った？」

「話し合いは終わったから、遠乗りに行こう、と言ったんだ」

いつの間にかマーリンとの話し合いは終わっていて、テーブルの上の書面も畳まれている。

樹里は気を取り直してアーサーと部屋を出た。まだ気温は低いのにアーサーは軽装で、首元が寒そうだ。

「マーリン、例のものをくれ」

アーサーはいたずらっぽい目をして後ろを歩いているマーリンに顎《あご》をしゃくる。マーリンがため息を吐いて、マントの下から身体の長い獣を取り出す。前にランスロットに渡していたフェレットみたいな生き物だ。プーランと呼ばれている。

「これこれ。これがあると温かい」

アーサーはプーランを首に巻いて悦に入っている。襟巻と勘違いしているようだ。樹里はプーランがアーサーの首を絞めるのではと心配だったが、プーランは大人しく首に巻きついている。

アーサーと並んで廊下を歩いた。後ろにはサンとクロもついてきている。

長い廊下を進んでいると、向こうからアーサーの母親で皇太后となったイグレーヌが来るのが見えた。おつきの侍女と共にしずしずと歩いている。イグレーヌ皇太后は精神的な疲労で長い間伏せっていたが、最近少し良くなったと聞いた。

「神の子、ごきげんよう。アーサー、少しいいですか？」

イグレーヌ皇太后は儚《はかな》げな笑みを浮かべ、樹里とアーサーの前で立ち止まる。アーサーは母親を見てどこか困った表情だ。自分は遠慮しようかと脇に避けようとすると、アーサーの大きな手が樹里の腕を摑む。

「母上、例の話でしたらこれ以上話すことは……」

アーサーの声が硬い。仲がいいはずの母親との微妙な空気に、樹里は戸惑った。

「どうか怒りを和らげて、温情をお願いします。母として私が息子の罪を背負っても構いません。あの子は本当は悪い子じゃないの。あなただって知っているでしょう？　この冬の寒さはことのほか身体に応《こた》えたでしょう。王位継承権は剝奪されたのですし、せめて人間らしい暮らしを……」

イグレーヌ皇太后は涙ながらにアーサーにすがる。話を聞いているうちにどうやらモルドレッドのことを言っているのだと察しがついた。モルドレッドはユーサー王を弑逆《しぎゃく》した罪で西の塔に幽閉されている。樹里は行ったことはないが、王族関係の罪人を収監する場所らしい。

「母上、何度言われても同じです。モルドレッドの罪は誰かが肩代わりできるものではない。そもそも父王の死からまだ一年も経っていない。せめて十年くらい経てば、温情を示すこともできますが」

アーサーは事務的な口調でイグレーヌ皇太后を突き放す。

幽閉されているのでモルドレッドのことは樹里はつい忘れがちになっていたが、やはり母親としてイグレーヌ皇太后は息子のことが気になるのだろう。気の毒だとは思うが、アーサーの言う通り、自由にするにはまだ早すぎる気がする。とはいえ、ジュリにそそのかされて操られた哀れな面もある。収監された時はうつろで何を言っているか分からない状態だったと聞くが、今でもそうなのだろうか。

「十年なんて……そんな恐ろしい……」

イグレーヌ皇太后がさめざめと泣く。アーサーはため息をこぼして樹里の腕を引っ張った。

「それだけの罪をモルドレッドは犯したのです。失礼、出かけるので」

アーサーはイグレーヌ皇太后の話を打ち切って、廊下を足早に進む。母親とのことは口は挟めないので黙ってアーサーについていくと、やれやれとアーサーが頭を掻いた。

「母上には困ったものだ。モルドレッドを塔から出してやってくれと言う。どうやらモルドレッドから手紙をもらったようでな。そもそも囚人にはペンも便箋《びんせん》も与えられていないはずなのだが」

イグレーヌ皇太后の姿が見えなくなると、アーサーは面倒そうに呟いた。

「手紙かぁ。誰かこっそり道具を渡してるってこと……？　モルドレッドの元従者、とか？」

樹里は気になって顔を顰《しか》めた。ひんやりとした廊下に互いの靴音が響く。サンはいつの間にかクロの背中に乗って楽をしている。

「調べてみたが分からない。元従者は貴族の下で働いているから、違うだろう。モルドレッドに食事を運ぶ者は常に変えているのだが……まぁ、手紙くらい、と大目に見ている」

アーサーが憂いを帯びた表情になったので、樹里はたまらず腰に手を回した。アーサーだって好きで実の弟を塔に閉じ込めているわけではない。王として勝手なふるまいはできないと自制しているはずだ。

「平和になればなったで問題は起きるものだ。気にするな」

アーサーはくっついてきた樹里に気づいて、苦笑して肩に腕を回した。樹里の慰めに気づいたのか、顔を覗き込むようにしてくる。

「孫が生まれれば、少しは母上の気もまぎれると思うがな？」

茶化した言い方でキスをされ、樹里はアーサーの肩に手をおこうとした。

「あぎゃっ！」

アーサーの肩辺りに伸ばした指が嚙みつかれる。プーランにがぶりとやられた。

「もうなんだよ、こいつ！　俺ばっか、嚙みつくんだけど！」

以前のプーランとは違うはずだが、マーリンが寄こすプーランは総じて樹里に攻撃的だ。アーサーに笑われ、サンにまで笑われた。

「もう早く行こうぜ」

からかわれるのが嫌で、樹里はアーサーの背中を押した。


アーサーと一緒に馬で街に繰り出すと、大勢の民から声をかけられた。アーサーは誰とでも気さくに話す。アーサーは治水工事をしている業者に話しかけ、工事の進捗状況を確認していた。ユーサー王はこういうことは下の者に任せていたらしいが、アーサーはすべてを把握していたいタイプらしく現場にもよく足を運ぶ。樹里としても、玉座にふんぞり返っている王様は好きじゃないから頼もしく感じる。

樹里に、花やできたてのパンを差し出す民も多かった。皆、呪いを解く子が生まれてきますようにと目を輝かせている。笑顔で受け取りつつも、一抹の不安はある。こんなに期待されて大丈夫なんだろうか。もし生まれてこなかったら、彼らの態度が一変しそうで怖い。

「ふぁ……」

街の視察を終えて、騎士団が訓練している広場に行くと、樹里は馬から降りてあくびをした。

「寝不足か？　さて、昨夜は俺の腕にいなかったと思うが」

目ざとくアーサーに見られ、樹里は目を擦った。

「うーん、なんか変な夢ばっか見て……」

樹里は眠い目をしきりに擦り、首を振った。騎士たちの手前、きちんとしなければと思うが、先ほどもらったパンを食べすぎたせいか、眠気が襲ってきた。広場では騎士たちが号令の下に剣の素振りをしている。

「夢？」

アーサーは騎士たちに目を向けながら聞き返す。

「うん、あのさぁ……シーサー王、って知ってる？」

樹里は小声で呟いた。アーサーが振り返る。

「シーサー王はキャメロット王国のかつての王だ。俺の遠い先祖だな。それが何か？」

樹里は内心の驚きを隠して、地面の小石を蹴った。

「シーサー王が夢に出てくるんだよ、そんだけ……」

樹里の返事にアーサーはよく分からないといいたげだ。アーサーには分かってないようだが、これはおそらく重要な意味を持つ。

「アーサー王、新しい騎士見習いの者が集まっております。お目通りを」

騎士のマーハウスが駆けてきて、アーサーに声をかける。マーハウスは二十歳《はたち》くらいの若者で、悪ガキがそのまま大人になったような風貌をしている。ムードメイカーらしく、彼がいるといつでも明るい笑い声に包まれる。アーサーは樹里と話したいそぶりだが、樹里が行けと手ぶりをすると、マーハウスと共に訓練中の騎士たちの元へ向かった。

樹里は顔を引き締めて、アーサーたちの様子を眺めた。シーサー王は実在したのか。キャメロット王国の歴史に詳しくない樹里にとって、夢の中の人物が実在していたことは驚くべきことだ。

——あれはただの夢ではないかもしれない。

樹里は陰ってきた空を見上げた。日が暮れかけて寒さが忍び寄っている。サンに「身体に悪いのでもう帰りましょう」と言われ、樹里は先に神殿に戻ることにした。

覚えのある感覚が迫ってきて、樹里は呻《うめ》き声《ごえ》を上げた。

また、あの夢だと気分が滅入る。蠟燭《ろうそく》の光、天蓋《てんがい》付きの閨《ねや》で絡み合う男女の姿、かすかな吐息、衣擦れの音。見たくないのに、嫌でも目の前に映像が流れてくる。

『シーサー王、お慕いしております……。私の王……』

寝台に横たわっている屈強な男性の髪を愛しげに撫でているのは、母とそっくりの顔——これはおそらく魔女モルガンだと樹里は悟った。

『あなたのために、憎き政敵を何人も滅ぼしましました。私の手は血で汚れてしまいましたが、それもこれもすべてあなた様のため……私を妃にしてくださいますね……?』

モルガンの長い黒髪がシーツにたゆたう。シーサー王は不敵に笑い、モルガンの豊満な胸を自身の胸に引き寄せた。

『モルガン、お前は本当に役に立つ女だ。お前を手放すわけがないだろう』

シーサー王はそう言うなり、反転してモルガンに覆いかぶさった。

『ああ、シーサー王、私はこの国が欲しい……、どうぞ妃にしてくださいましね』

モルガンの白く細長い腕がシーサーの日に焼けた背中に絡みつく。

シーサー王とモルガンの情事……樹里は自分が見ているものがかつて現実に起きたことなのだと理解した。モルガンは三百年前、キャメロット国王シーサーと恋仲になった。妃になりたがっているモルガンと、モルガンを利用しているだけのように見えるシーサー王。樹里は哀れを感じてならなかった。母とそっくりの顔で男にすがるモルガンを見たくない。

目を閉じて耳をふさいでいると、どこからか女性の悲鳴が聞こえてきた。反射的に目を開けると、暗い洞窟のような場所でモルガンが髪を振り乱している。そこには祭壇があって、大きな丸鏡が立てかけてあった。丸鏡の両隣には長い蠟燭があり、炎が揺らめいている。悲鳴はモルガンの口から聞こえてくるものだった。

『シーサー王、何故、何故私を裏切った……っ！　私を妃にしてくれると言ったのに、その隣にいる女は誰……⁉』

モルガンはまるで蛇のように床を這い、祭壇の上の丸鏡を睨《にら》みつけた。恐ろしい形相だ。怒りのあまり髪が逆立ち、顔つきが変わっている。全身から揺らめく怒りのオーラは、怖気《おぞけ》が立つほどだった。

丸鏡にはシーサー王とドレス姿の女性が並んでいた。民から祝福され、花びらが舞い散っている。とても幸せそうな女性の頭にはティアラが光っている。

『私を騙《だま》したのか、シーサー！　おのれ、許しておけぬ、この焼けるような胸の痛み……っ、シーサー、私を裏切った報いを受けるがよい……っ!!』

モルガンはぎりぎりと唇を噛んで、憎悪に満ちた眼差しを丸鏡に向ける。鏡に亀裂が入り、映し出されているシーサー王が粉々になる。モルガンの憎しみが強すぎて、見ているこちらも苦しくなってくる。

『そこにいるのは誰ぞ!?』

ふいにモルガンが顔を上げ、樹里をまっすぐ睨みつけてきた。自分が見えるはずないが、樹里はうろたえて後ろに引っくり返った。

――悪夢から醒めて、樹里は自分を覗き込んでいるサンを見返した。

「樹里様、大丈夫ですか？　またうなされてましたよ」

サンはランプを持って、心配そうに樹里を見ている。樹里は汗びっしょりの額を手で拭《ぬぐ》い、まだドキドキしている胸を押さえた。

「起こしてくれてサンキュー……。嫌な夢、見てた」

樹里は深呼吸を繰り返して寝台から起き上がった。連日、モルガンの夢を見る。夢が始まったのは王都に戻って一週間くらい経ってからだ。最初は月に一、二度の頻度だったのだが、最近では見ない日がないほど見るようになった。見たくないし、知りたくもないのに、モルガンが裏切られた時のショックや強い憎悪を自分のことのように生々しく感じてしまう。

「最近、ひどくないですか？　一度マーリン様に相談してみてはいかがでしょうか」

サンはランプを寝台の傍の棚に置いて言う。

「マーリンか……」

確かにサンの言う通り、こういったことの相談相手はマーリンしかないだろう。たまに見る悪夢ならと今まで考えないようにしていたが、こう連日では身体が保《も》たない。

サンは水差しから水をコップに注ぎ込む。

「そうだな、明日にでも相談してみるよ」

もらった水を飲み干して、樹里は頷いた。マーリンならこの悪夢を見ないで済む方法を知っているかもしれない。いい薬草でもあればいいが。

「起こしてごめんな、サン」

サンの睡眠まで邪魔していることを申し訳なく思い、樹里は寝台から離れた。

翌日、樹里はマーリンの部屋を訪ねた。マーリンの部屋は王宮の地下にある。木製のドアには鉄の輪っかがつけられていて、数度叩くと自動的にドアが開いた。

部屋は実験器具や書物で埋まっている。地下なので湿っぽく、常にランタンに火が灯っている。マーリンの姿は見えなかったが、ドアが開いた以上、どこかにいるはずだと樹里は奥の部屋に足を進めた。一緒に来たサンとクロは扉の外で待っている。中に入りたくないらしい。

「マーリン、いる？」

きょろきょろしながら聞くと、奥の部屋にマーリンがいた。マーリンは大きな水瓶《みずがめ》の前で渋い顔をしている。

「返事くらい、しろよ。何、見てんの？」

マーリンが仏頂面《ぶっちょうづら》で見ている水瓶が気になって、樹里は首をかしげた。水瓶の中で緑色の光が反射している。よく見ると、ランスロットの首飾りだった。

「欠けた部分がなかなか修復できない。ランスロットの首飾りだ。モルガンを退けるのに力を使ったせいだろう。この宝石を修復できなければ、ランスロット卿の身が心配だ」

マーリンは杖を持って歌い始める。修復する呪文なのだろう。

「なんだかんだいって、ランスロットの心配してんだな。いいとこあるじゃん」

首飾りを直すマーリンに好感を抱いて言ったのだが、言い方が悪かったのか思い切り嫌そうな顔をされた。マーリンは人の好意に嫌悪を示す傾向がある。アーサーに対しては平気なのに、それ以外の人に好意を持っていると思われるのが嫌なようだ。変な男だと思いつつ、水瓶ばかり見てちっともこちらを見ないマーリンに言った。

「あのさぁ、悪夢ばっか見るんだけど、夢を見ないで眠れる方法ないかな」

「死ぬほど走ってから寝ろ」

マーリンの返事はにべもない。同じ相談事をアーサーが言ったら親身になって考えるだろうに、この扱いはひどい。そりゃ疲れ果てて眠れば夢は見ないかもしれないが、そういうことじゃないんだと樹里はマーリンの身体を揺さぶった。

「真面目に考えてくれよ！　毎晩、モルガンとシーサー王の情事を見てんだぞ！　マーリンだって自分の母親の情事とか、見たくないだろ⁉」

樹里の怒鳴り声にようやくマーリンがこちらを振り向く。

「モルガンの情事……？　シーサー王と？」

マーリンには引っかかる点があったようだ。

「くわしく話せ」

マーリンは杖を引っ込めて、隣の部屋に移動する。一筋の光を期待して、樹里はマーリンの後ろをくっついていった。

お茶でも出してくれるかと期待したが、マーリンにもてなす心はないらしく、自分だけどっかりと椅子に座ると、話せと目で促された。樹里は壁に寄せられていた椅子をマーリンの前に運び、よく見る悪夢について話した。モルガンとシーサー王の情事や、シーサー王が結婚してしまってモルガンが憎悪をたぎらせている夢だ。

「俺は歴代の王の名前も知らないしさ。これ、夢にしてはリアルすぎっつーか……」

樹里の話を一通り聞き終わり、マーリンが腕組みをする。

「シーサー王はモルガンに呪いをかけられた時の王の名だ。お前の言う通り、ただの夢ではないだろうな」

樹里は顔を曇らせた。ただの夢ではないのは推測できたが、疑問がある。何故自分がそんな夢を見るのだろう？

「私が思うに……、いやその前に聞いておきたい。ジュリが死んだ時……白い煙のようなものがお前に吸い込まれた気がしたのだが……？」

マーリンはケルト族の村で起きた出来事について尋ねてくる。あの時、確かに白い靄《もや》みたいなものが樹里の中に入ってきた。

「マーリンにも見えた？　アーサーも気になってたみたいだけど、俺もなんか白いもやーっとしたのが入ってきた気がしたんだよなぁ。それが何かは分からないんだけど。エクトプラズムとかいうやつかな？」

「エク……？」

マーリンはエクトプラズムを知らないようで、怪訝そうに見返された。

「うーん、なんつーか魂、とかそういうものかなって」

樹里が自身の見解を述べると、マーリンはじっと考え込む。

「魂分けをした者は、片方が死んだ場合分かれた魂が生きている身体に戻るということか……。

それならあの時お前がジュリのかけた魔術を解いた理由も分かる。私にさえ解けない高度な魔術をお前が何故解けたのか疑問だったのだが、ジュリの魂が混ざったのなら、解けたのも納得できる」

ふいに空気が硬くなったと思う間もなく、マーリンが樹里の心臓に杖を向ける。マーリンの双眸《そうぼう》が冷酷な光を放っていて、樹里は腰を浮かしかけた。

「まさかお前、アーサー王によからぬ真似をしようなどと思ってないだろうな？　モルガンの手先となったなら、今すぐその臓腑《ぞうふ》をえぐってやるが」

マーリンが剣呑な表情で睨みつけてくる。冗談抜きで殺意を感じて、樹里は慌てて椅子から飛びのいた。マーリンは眇《すが》めた目で杖の先で狙いを定める。樹里は青くなってドアに逃げ込んだ。

「なんで俺がアーサーを殺そうと思うんだよ！」

「ジュリが混じったお前は信用ならない。モルガンを倒すには私とアーサー王とランスロット卿がいればいいだけの話、不確定要素のお前など消し去っても……」

「俺の腹にはアーサーの子がいんだろ！」

マーリンの目が真剣だったので、樹里は思いとどまらせようと大声を上げた。樹里の大声にアクシデントが発生したと思ったのか、ドアからクロとサンがなだれ込んでくる。

「何事ですか⁉」

サンがクロの首に抱きつきながら叫ぶ。

「――そういえば、そうだった」

マーリンはすっと杖と殺意を引っ込ませた。樹里は構えていた腕を下ろし、はーっと脱力した。今のは冗談だったのか、それとも本気だったのか。ひょっとして子どもが生まれたら用済みとなって、殺されるんじゃなかろうか。

一抹の不安は残ったが、サンには聞かれたくない話だったので部屋から出ていってもらい、椅子に座り直した。マーリンは指でトントンとテーブルを叩く。

「話を戻そう。もしかしたらジュリと混ざり合ったことで、夢を見るようになったのかもしれない。つまりジュリの情報がお前に組み込まれたということだ。だとすれば何か有益な情報を得られるかもしれない。今後、夢について逐一報告しろ」

マーリンは樹里の見た夢を実際の出来事だと考えているようだ。聞いたこともないシーサー王や若い頃のモルガンの姿など、樹里が知らないはずの映像を見ているからだろう。樹里としては眠れる薬草を煎じてほしかったのに、当てが外れた。

「で、それとは別にさぁ……、ちょっと聞きたいことがあるんだけど」

樹里はドアの外のサンを気にしながら声を落とした。

「俺の腹の子ってさぁ……、いつ出てくんの？　つか、どうやって産むの？」

樹里が小声で尋ねると、マーリンが眉根を寄せる。

悪夢についてマーリンに相談したかったのとは別に、いや、それ以上に心配している件はこれだ。何しろ初めての妊娠、初めての出産、しかも腹に入っているものが何か分からない。それだけでも不安なのに、腹が一向に膨れないのも不安を増長させる。マーリンも妖精王もモルガンも言っているのだから妊娠は確実として、どういう準備をすればいいのかさっぱり分からない。

「人と同じと換算すれば、十月十日だから……もう生まれてくるはずだが」

マーリンにさらりと言われて、鼓動が速まった。そんな目の前に迫っていたとは知らなかった。ふつう臨月なら、もっと腹が出ているはずだ。男だし、ふつうと違うのだろうか。そういえば間違えて迷い込んだ未来では、王妃となった樹里の腹は特に目立っていなかった。何年も生まれてこないと言っていたし、このまま生まれない可能性もある。

「だが見たところ……お前の腹の中で光っているものはそれほど大きくなっていない」

マーリンはじろじろと樹里の腹を見て言う。マーリンには何か見えているらしい。

「じゃ、じゃあまだまだ先か？　や、それもそれでこえーんだけど……。まさかいきなり腹を裂いて生まれてこねーよな？　エイリアンが腹から出てくる映画があってさぁ……」

男同士で妊娠ということが、よからぬ妄想を掻き立てる。映画で見たワンシーンのように恐ろしいことが起こるのではないかと不安なのだ。

「何を言っているのか分からないが、生まれてくるならどう生まれてこようと私の知ったことではない。最悪、腹の子どもさえ無事ならこの国は救われるのだから」

マーリンはどこまでも冷酷だ。マーリンの中に樹里を救おうという気持ちが微塵《みじん》もないことに絶望を感じた。前から嫌な奴と思っていたが、ここまでとは！　こっちがどれだけ気を揉んでいるか知らないのだろうか。出産、などということになったら、頼りになるのは魔術師マーリンだと思っていた自分が馬鹿だった。もうマーリンに期待はしない。

「――帰る」

樹里はむっつりとして椅子から立ち上がった。

これ以上マーリンと話してもストレスが増えるばかりだ。樹里はマーリンに背を向けてドアに手をかけた。

「おい、話はそれだけか？　有益な情報があったらすぐ知らせろよ」

苛立たしげにドアを開いた樹里の心も知らず、マーリンはそっけない声を出す。樹里はそれに返事もせずに、陰気な地下室から立ち去った。

マーリンが頼りにならないと分かった今、樹里は誰に助けを求めればいいか悩んだ。ふつうの助産師に頼んでもきっと意味がない。そもそも樹里の身体は男のままだし、産むと言ってもどこから産むのか見当もつかない。まさか尻から……と想像したとたん怖くなってベッドの上で震えてしまった。尻の穴がそこまで広がるとは思えないし、もしかしたら裂けて出血多量で死ぬかも。

帝王切開で産むとしたら、それも問題だ。この国の医療技術は樹里の世界のものとは違う。たいていの病気は薬草で治している国なのだ。手術自体、できるかどうかも分からない。悶々《もんもん》と悩み続けているうちに、一つひらめいた。

妖精王なら、なんとかしてくれるのではないだろうか。

大体こんな人間の枠を超えた事態を、同じ人間に相談することが間違っている。妖精王は一目で樹里が妊娠していると見破ったし、男である樹里の身体から子どもを取り出す方法を知っているかもしれない。少なくともマーリンよりはマシな意見を言ってくれるはずだ。

それにランスロットがどうなっているか知りたい。妖精王がランスロットの傷を癒しているのだとしても、半年経ったのだし、何か進展があるはずだ。

(これっきゃねー)

救いを見出したものの、問題はどうやって妖精王と連絡をとるかだ。今まで妖精王が現れたのはラフランの地で問題が起きた時と、ランスロットが死にかけた時だけだ。

(ラフラン領に行くしかないな。確か、妖精王に連絡を取りたい時は、森のどこかの木に手紙をくくりつけるとか言ってなかったっけ)

必死に記憶を辿り、妖精王とコンタクトを取る方法を思い出した。妖精王がラフランの地にいることは間違いない。樹里が元の世界に戻るためにラフラン領で休んでいた時も現れた。あそこは妖精王が治めている地だから、異変にはすぐ気づくのだろう。

(よし、問題は……アーサーかな)

ラフラン領に行くと決めたはいいが、今度はアーサーという壁が立ちはだかる。ラフラン領に行きたいといって、いいよと言ってくれるとは思えない。最近アーサーは樹里が神殿から出るのを嫌っている。アーサーと一緒じゃなければ、街にも出かけられない始末なのだ。ランスロットという頼りになる護衛がいないので、アーサーは用心しているのだ。クロもいるし大丈夫だと何度言っても「腹の子に万が一のことがあったらどうする」と譲らない。

アーサーを説得するいい理由はないかと樹里は寝ながら考えた。夢うつつにマーリンの高笑いが聞こえた気がして、夢の中で唸《うな》り続《つづ》けた。

3 ケルトの掟

Camelot Kingdom

Celtic Law

　アーサーにラフラン領へ行くことをどう認めさせるかを悩んでいるうちに数日経ち、ケルト族の一行が王都に現れた。

　ケルト族の来訪者は七人。グリグロワを筆頭に、屈強な若者が五人と老婆《ろうば》が一人だ。グリグロワや他の若者たちは皆、獣の皮を被り、頭や首、腕、腰にたくさんの装飾品をつけている。見た目にインパクトがあるせいか、街道からキャメロットの子どもたちがケルト族の一行を追いかけていた。

　王宮前のつり橋で、騎士団が整列してケルト族の一行を迎える。樹里《じゅり》はアーサーと一緒に下ろされたつり橋を渡ってケルト族一行の前に進んだ。樹里もアーサーも正装での出迎えだ。アーサーの姿を見て、グリグロワたちが下馬する。ケルト族によほど興味があるのか、民が押し合いへし合いで眺めている。ケルト族が王都に招かれたのは初めてらしく、誰もが興味津々だ。

「遠路はるばる、ご苦労。待っていたぞ」

　アーサーはグリグロワに笑顔で手を差し出す。グリグロワはアーサーの手を握り「ご招待に感謝する」と答えた。ケルト族はキャメロット王国の同盟を結んでいる立場なので、決してアーサーに跪《ひざまず》いたりはしない。グリグロワは浅黒い肌に青い目、長い黒髪を複雑に編み込んだ独特のケルトのスタイルがよく似合う若者だ。アーサーと同じくらい二の腕の筋肉が盛り上がっていて、腰に大ぶりの剣、背中に弓矢を携えている。

グリグロワがすっと樹里に向き直り、膝を折った。

「神の子、我らはあなたへの恩を忘れてはいない。何か困ったことがあったら、なんなりと言ってくれ」

グリグロワは樹里の手の甲に唇を押し当てる。アーサーには跪かないグリグロワが樹里の前で跪いたので、群がっていた民からどよめきが起きた。樹里は焦ってグリグロワの手を取って立たせると、愛想笑いを浮かべた。

「ご厚意に感謝します。しばらくの間、不便でしょうが、誠意をもって尽くしますので滞在をお楽しみください」

よそいきの声で樹里は答え、アーサーを振り返った。アーサーは一見笑みを浮かべているが、内心面白くなさそうなのが伝わってくる。

従者たちがケルト族の馬と積み荷を移動させる。四角い顔をしたケルト族の男が、従者に馬の扱いについて懸命にしゃべっているが、従者はケルト語が分からないので困っている。見かねて樹里が通訳を買って出て、従者にケルト族の男の注文を伝えた。気難しい馬なので、静かな厩舎《きゅうしゃ》を望んでいるそうだ。

「神の子、ありがとう。助かった」

四角い顔の男はミルディンと名乗った。樹里の手をぶんぶんと振り回し、にこにこしている。ケルト族にも愛想のいい男はいるらしい。

「長旅でお疲れだろう。部屋を用意してある。今宵《こよい》は宴《うたげ》を開くゆえ、それまでしばし部屋で憩うといい」

アーサーはそう告げてケルト族一行を王宮に招いた。

詮議の結果、ケルト族には王宮に泊まってもらい、彼らの日課である水浴びや祈りの儀は神殿に移動してやってもらうことになった。神殿には彼らを寝泊まりさせる部屋がないせいだ。質素な部屋ならあるのだが、来客をもてなすには不十分ということでそうなった。

ケルト族を案内している途中、樹里はグリグロワに近づいた。

「あのさぁ、ちょっといい?」

表向きの外交は終わったので、樹里は小声でグリグロワに話しかけた。グリグロワが樹里を見下ろす。

「あのおばあちゃんは何者? ただ者じゃないオーラ出てるけど」

屈強な若者に背負われている老婆が気になり、樹里は耳打ちした。小柄な老婆で、顔に変わった模様のペイントがしてある。ネイティブアメリカンみたいな髪飾りをして、着ているものは真っ白の透かし模様がある上等な織物だ。歩けないのかずっと若者に背負われているが、扱いはひどく丁重だ。

「ダヤンはドルイドだ」

グリグロワはさらりと答える。ドルイドが何か分からなくて、樹里は首をかしげた。グリグロワの説明によると、キャメロット王国でいうところの大神官みたいなものらしい。祈禱《きとう》したり、星を見て占いをしたり、村の行く末について決めたりする。ドルイドといえば、貴族の少年のチャーリーが異国から輸入されたドルイドの実というのを持ってきてくれたことがあるのを思い出した。その話をグリグロワにすると、かつてケルト族の一部が異国に移住してコロニーを造ったそうだ。モルガンの呪いを受ける前の話なので、今では関わりはないらしい。

「王都へ行くと言ったら、ダヤンがアーサー王や神の子に会いたいと言ってな。十年前からずっと洞窟にこもって祈り続けていたせいで、足腰が弱くなってしまったのだ」

樹里は老婆を振り返った。老婆と目が合い、にやーっと笑われる。しわくちゃな顔が爬虫類《はちゅうるい》っぽくて、申し訳ないが不気味だ。

「ダヤンの力は本物だ。例の事件の時も悪魔が村に入り込むと前もって警告していたのだが、我らはふせぐことができなかった」

ジュリに苦しめられた時のことを思い出したのか、グリグロワがつらそうな表情になる。

「神の子にはケルト族の者、すべてが感謝している。おかげで村の女も子どもも元気だ」

グリグロワが笑顔になったので、樹里もつられて笑顔になった。グリグロワの笑顔を見たのは初めてだ。いつも厳しい目つきをしているのに、笑うと急に子どもみたいになる。

ケルト族に与えられた部屋は広い一室だった。彼らは個別の部屋ではなく、大部屋を望んでいた。従者が積み荷を運び入れると、さっそく敷物を広げたり、寝床を作ったりとわいわいしている。どうやらキャメロットの民が話す言語が分かるのはグリグロワともう二人だけで、残りの四人はまったく通じないようだ。樹里はどちらの言葉も分かるので、何かあったら呼んでくれと声をかけて退室した。

「ずいぶん、親しげに話していたな」

廊下に出ると、アーサーが面白くなさそうな顔で近づいてきた。

「接待してただけだろ」

アーサーにじろじろ見られ、樹里はムッとして言い返した。

「色目を使うなと言ったのに、もう使ったな。グリグロワと二人きりになるなよ、あいつは危険な匂いがする」

「はぁ!?　だから使ってねーって！」

アーサーの見当違いの発言にカチンときて、つい怒鳴ってしまった。アーサーと睨《にら》み合《あ》いになり、腹が立ってアーサーの足を思い切り踏んづけてやった。アーサーに捕まるまいと、急いで逃げ出す。後ろでアーサーが「待て、こら！」と怒っているが、待つつもりはない。人を浮気者みたいに言うアーサーが悪いのだ。

王宮は今宵の宴の準備で忙しそうだった。ケルト族のためにいい酒や食事を振る舞おうと努めていて活気がある。宴には樹里も招かれている。若干の不安を覚えながら、樹里は神殿に戻った。

日が暮れた頃から宴が始まった。贅《ぜい》の限りを尽くした夕食とワインが振る舞われた後、大広間に移動すると騎士たちも参加してのどんちゃん騒ぎとなった。いわゆるこれは二次会だろうかと樹里が思うほど、酒が大量に運ばれて踊り子が踊り吟遊詩人が歌う明るい席となった。騎士たちは皆、ケルト族に興味津々で、通訳を交えて質問責めにしている。酒が入っているせいかケルト族の若者もおおいに笑い、歌い、踊っている。長年確執があったのが信じられないほど、陽気に騒いでいる。

「神の子、酒を」

樹里にも酒を注ごうとする者がたくさん来たが、どうにも酒の匂いを嗅《か》ぐと気持ち悪くて逃げ回っていた。酒豪のアーサーは、すっかりケルト族の若者と打ち解けて肩を組んで笑っている。

一番驚いたのはダヤンだった。足腰の弱った老婆ながらも酒に関しては底なしで、数々の騎士たちが敗北を認めるほど強かった。

「クロ、ちょっと庭に出よう」

大広間の熱気に酔って、樹里はクロを引っ張って庭に出た。クロも酒の匂いにやられて、よたよたしている。新鮮な空気を吸わなければ。

王宮の庭に出ると、さすがに夜は空気が冷たい。冬の間は雪で覆われていた薔薇園《ばらえん》も、春になっていくつも蕾《つぼみ》をつけている。クロは冷気に身体をぶるぶるとさせている。ふと見ると、暗がりのベンチにマーリンがいてびっくりした。黒っぽいマントを羽織っているので、闇に溶け込んでいる。

「マーリン……？」

実は幽霊じゃないだろうなとびくびくしつつ声をかけると、マーリンがちらりと樹里を見る。

「何か用か」

近づいて本物のマーリンと分かってホッとした。何となく隣に腰を下ろすと、マーリンが眉根を寄せる。追い払われるかと思ったが、マーリンはベンチの横にあったかがり火に杖を向けた。ぽっと火が灯って、木切れに燃え移り、赤々と辺りを照らす。

「宴会、嫌いなのか？」

広間の騒がしい声はここまで届いている。そういえば宴が始まった時にはいたのに、マーリンの姿はすぐに見えなくなった。ここに避難していたのだろうか。

「酒を飲んで馬鹿騒ぎするなど、くだらない。ああいう席は苦手だ。お前は何故ここにいる？好きそうに見えるが。まぁ酒は子どもに悪いと聞くがな」

案の定マーリンは宴会が嫌いなようだ。樹里は寒さをしのぐためベンチにクロを抱き上げた。クロはマーリンと樹里に跨《また》がって、でんと座る。マーリンは少々わずらわしそうだ。

「俺は宴会とか嫌いじゃないけど、酒の匂いがつらくて」

樹里はクロを抱きしめながら答えた。吐く息が白い。この寒さでは長居できない。マーリンはいつからここにいたのだろう。

夜空を見上げると二つの月が輝いている。一つは三日月で、一つは半月だ。今は黄色く光っているが、赤食《せきしょく》の日と呼ばれる二つの満月が赤く染まる日は霊力が高まる日だという。最初は月が二つあることに馴染《なじ》めなかったが、最近では当たり前になってきた。樹里は無言でぼーっと空を見ていた。マーリンはおしゃべりを楽しむ性格ではない。

「そういやさ、ガルダのことなんだけど……」

ガルダのことを思い出して、つい口に出した。マーリンがぴくりと身じろぐ。

「なんであんなに変わっちゃったんだろう。俺といる時はふつうの、ちょっとドジな魔術師って感じだったんだけど。ランスロットを陥《おとしい》れた時のガルダは、なんつーか怖くて……。言い方は悪いけど、ジュリみたいっていうか……」

ガルダのことならマーリンのほうが分かるのではないかと、樹里は隣を向いた。兄弟らしい光景は一度も見ていないが、モルガンの下にいた時は兄弟として暮らしていたはずだ。マーリンにはガルダの変貌の理由が分かるのではないか。

「ガルダか……。人の本質は変わらない、ということなのだろう」

マーリンは冷たい声で呟く。

「モルガンの下に戻ったガルダは、モルガンの手足となった。それだけのことだ。ガルダも私も小さい頃からモルガンの恐ろしさは骨身に沁《し》みている。この私だって、モルガンの下に戻ればそうなる可能性はあった」

淡々と述べるマーリンに、胸の痛みを覚えた。モルガンは自分の子どもたちに愛や情をかけなかったのだろうか。ジュリが死んだ時、マーリンは特に悲しそうなそぶりは見せなかった。兄弟い。

なのに、それでよかったのだろうか。

「ガルダがこの先も敵対するなら……やっぱりガルダも倒すのか？」

無表情のマーリンに、樹里は声を落として聞いた。ガルダはすでにランスロットに対して非道な行為をしている。樹里もガルダに対する怒りはあるが、だからといって武器を持って彼と戦えるかというと言葉に窮する。ガルダと暮らした時間を思い出すと、とても刃を向けられそうにない。

「私のすることは変わらない。アーサー王を守り、魔女モルガンを排除する。邪魔する奴は、誰であろうと許さない。ガルダはすでに存在自体が危険なものとなった。次に会った時は、仕留める」

マーリンの意志は揺るぎない。かつて樹里が邪魔だった時、命を狙ったように、実の弟のガルダに対しても杖は容赦なく振るわれるのだろう。日本で生まれ育った樹里は、たとえ間違いを犯す輩《やから》が相手でも、自分が裁きを下そうとは思わない。だがキャメロット王国に警察はない。法律はあるが、それを破った者は騎士団が捕まえて牢《ろう》に入れるだけだ。裁判もないし、王様が法律みたいなものだ。実際樹里だって、偽の神の子として申し開きする場もなく殺されそうになった。アーサーは悪政で民を苦しめる王ではないが、自分はまだこの国の仕組みに納得できていないのだと痛感した。

「神の子、マーリン殿」

ふいに声をかけられ、物思いに沈んでいた樹里は顔を上げた。グリグロワがダヤンを背負って近づいてくるところだった。グリグロワはかなり飲まされていたはずだが、足元はしっかりしている。

「グリグロワ殿、こんなところにご老人を連れてきては身体に障《さわ》りますよ」

マーリンはベンチから立ち上がって言った。マーリンの膝で半分寝かけていたクロは、地面に放り投げられて、慌てて着地している。

「ダヤンは飲みすぎて危険な状態だ。もう部屋に戻して寝かせようと……」

グリグロワは背中のダヤンを心配げに振り返る。老人に酒を飲ませすぎたかと青くなっていると、ダヤンがグリグロワの肩からひょいと顔を出し「ケケケ」と不気味に笑いだした。

「お前の母親が怒り狂っておる」

ダヤンはマーリンを指さして、甲高い声で叫んだ。樹里はつられてマーリンを見た。マーリンの顔が強張っている。

「西の塔に裏切り者が住んでいる」

続いてダヤンは西の塔を指さした。樹里は呆気にとられながら、ダヤンを凝視した。グリグロワは引《ひ》き攣《つ》った顔で、背中のダヤンに「黙れ、黙れ」と繰り返す。ダヤンは黙らずに、今度は広間のほうを指さした。

「アーサー王は身内に殺される」

樹里は衝撃を受けて腰を浮かせた。これは一体なんだ……？　悪ふざけというには度を越している。ダヤンは最後に樹里を指さした。

「お前は亡霊を見る」

ダヤンに指を差され、心臓が止まるかと思った。亡霊を見る？　なんのことだかさっぱり分からない。樹里が鼓動を跳ね上げてダヤンを見返すと、ダヤンはぱたっとグリグロワの背中にもたれた。続いてイビキが上がる。樹里は呆然とした。

グリグロワがため息をこぼす。

「こうなるのを恐れて広間から連れ出したのだが……、すまなかった。今のは忘れてくれ」

グリグロワはダヤンを連れてこの場から立ち去ろうとしたが、マーリンがその道をふさいだ。マーリンはこめかみに青筋を立てている。静かに怒っているのが空気を通して伝わってきて、樹里は寒気を覚えた。アーサー命のマーリンに、アーサーが身内に殺されるなんて言ったのだから仕方ない。

「ダヤン殿はドルイドと聞いています。今のは、宣託、といったものでしょうか？」

マーリンににじり寄られ、グリグロワは返答を渋った。だがこの場の雰囲気から逃げるわけにはいかないと悟ったのだろう。重い口を開いた。

「ダヤンはドルイドだ。祈禱して自然霊を憑依《ひょうい》させ、村の行く末についてお告げする。ふだんは大丈夫だが、酒を飲みすぎて身の守りが緩くなると、悪いものに乗り移られて変なことをしゃべりだす。鵜呑《うの》みにしてはいけない。こんな夜にダヤンを乗っ取ろうとするものは邪悪な存在だ」

グリグロワの説明にマーリンはわずかに緊張を解いた。グリグロワは一礼してダヤンを担いで部屋に戻っていった。樹里は遠ざかる二人を見送り、そろそろとマーリンを見た。マーリンは厳

しい顔つきで、宙を見据えている。

「マーリン、今の無視していいと思うか？」

グリグロワはダヤンが悪いものに憑依されたと言ったが、果たして本当にそうなのだろうか？

ダヤンはマーリンの事情など何も知らないのに、母親が怒り狂っていると言った。モルガンがマーリンに対して怒り狂っているのは事実だろう。しかも西の塔に裏切り者……。ダヤンは西の塔にモルドレッドがいることを知っていたのだろうか？　知らなかったとしたら、ますます見過ごせない。

「あっ」

樹里は思い出したことがあって、つい大声を上げてしまった。マーリンがじろりと睨む。

「あのさぁ、『アーサー王物語』の話、したっけ？　その話の中だと、アーサー王はモルドレッドに殺されるんだよね……」

樹里は人に聞かれないよう、小声でマーリンに話した。

「その書物についてはナカジマに聞いたことがある。だが我が国とは違う点が多くて気にしていなかった」

マーリンは中島《なかじま》から『アーサー王物語』について聞いていたようだ。中島は樹里と同じ世界から来た男だが、今は元の世界に戻っていった。

「しかしアーサー王がモルドレッドに……」

マーリンは西の塔を睨みつけている。嫌な予感がして樹里はマーリンの袖を引っ張った。

「マーリン、お前モルドレッドを暗殺しようと思ってるだろ⁉」

今までもマーリンは邪魔者がいたらすぐ始末しようとした。キャメロット王国の中で一番危険な存在は間違いなくマーリンだ。

「馬鹿め。老婆の世迷言《よまいごと》で王家の者は殺さない。私は自分の目で見たものしか信じないからな。だが、モルドレッドの調査は必要だ。何しろ奴は塔を出たがっている。母親に泣きついて一切の罪をなかったことにしようとしている。アーサー王が身内の情にほだされる愚かな王でなくて本当によかった」

マーリンは地面に落ちていた枝を取り、かがり火に放り投げる。それを言うなら、マーリンが闇雲に敵を殺す愚かな魔術師でなくて本当によかった、というところだ。調査というなら樹里も歓迎だ。アーサー王物語のように、モルドレッドがアーサーを殺す可能性だってないわけじゃない。それにモルドレッドはどこから仕入れたか分からない便箋《びんせん》やペンを持っていたとアーサーも疑問を抱いていた。調査したが、出所は不明のままだという。不審の芽は早いうちに摘んでおくに限る。

それにもう一つ気にかかる。ダヤンが言っていた、樹里が亡霊を見る、とはどういう意味だろう？　生まれてこの方幽霊など一度も見たことがない。地下神殿でもアーサーやマーリン、ランスロットは不思議な光景を見ていたらしいが、樹里だけ何も見えなかったし聞こえなかった。

落ち着かずにクロを抱き寄せると、背後からアーサーの声がした。

「樹里」

アーサーは不機嫌そうに近づいてくる。まさかダヤンの不吉な宣託を聞いてしまったのだろうかと思ったが、違った。

「お前、またグリグロワと密会していたな？　二人きりで会うなと言ったはずだが？」

目の前に来たアーサーは意味不明の難癖をつけてくる。剣呑な目つきで、いきなり手首を摑まれた。

「はぁ⁉　ここにマーリンがいるだろうが！　お前の目は節穴か！」

「俺の妃になる自覚はあるのか⁉　しかも身重なのに、こんな寒空の下で！」

アーサーは樹里の言い分にまったく耳を貸さず、強引に樹里を肩に担ぎ上げた。面食らって暴れると、足を抱え込まれ、尻を叩かれる。

「ぎゃっ！」

この歳《とし》になって尻を叩かれるなんて屈辱以外の何物でもない。ムカついてアーサーの背中を思い切り殴ったが、びくともしない。酒の匂いが強い。だいぶ飲んでいるようだ。

「こいつは連れていくぞ」

アーサーはマーリンにそっけなく告げ、大股で歩きだす。樹里のじたばたもがく様子を見て、クロがアーサーの脚を猫パンチした。「下ろせよ！」と樹里は叫んだが、アーサーは無視している。

アーサーは王宮の外れに向かっていた。どこへ行くのかと思ったら、木造建築が見えてきた。ここは以前、中島が設計した日本家屋だ。アーサーと初めて会った場所でもある。土壁に丸い窓、茅葺屋根《かやぶきやね》と中世ヨーロッパのようなキャメロット王国には異質な空間だ。アーサーは久しぶりにここに来たのか、引き戸を開けた際、何かにつまずいた。人をかついでいる時にやめてほしい。

「樹里。お前は俺の妃になるんだぞ。自覚はあるのか？」

アーサーは奥の部屋に入り、敷物の上に樹里を寝かせると強い視線を注いできた。先ほども自覚がどうのと言っていたが、そんなものあるわけない。男同士で結婚する覚悟なんて、簡単には芽生えない。

「だからそれは……マジで子どもが生まれたら考えるし……」

アーサーの視線に居心地の悪さを覚え、樹里は顔を背けた。無理やり顎《あご》を摑まれ、視線を合わせられる。

「俺の妃になるんだ。他の男と気軽にしゃべるな」

怖いくらい強い視線と低い声で命じられ、樹里は顔を歪めて睨みつけた。最近のアーサーは独占欲が強くてついていけない。他の男と気軽にしゃべってはいけないなんて、きける命令じゃない。

「どこの横暴な王様だよ。誰としゃべろうと俺の自由だろ」

組み敷かれているこの状況に腹が立ち、樹里はアーサーの胸板を強く押し返した。するとアーサーがその腕を摑んで樹里の身体をひっくり返す。

「俺を翻弄する気か」

アーサーの身体が背中にのしかかってきて、乱暴に衣服の裾をまくられる。熱い手のひらがむき出しの臀部《でんぶ》を鷲摑《わしづか》みにする。この世界では下着というものが存在しなくて、樹里も穿《は》いていない。強引に下肢を露《あらわ》にされ、押さえつけられた。

「やめろよ、もう！　酔ってるんだろ！」

このまま強引に事に及びそうな雰囲気になり、樹里はアーサーの身体の下でもがいた。アーサーは樹里の萎えている性器を握り、わざと腰を押しつけてくる。

「そうだな、酔っている。お前を無理やり犯したいくらいな」

アーサーがぐりぐりと腰を樹里の臀部に擦りつける。あからさまなアピールに、カッと頬に朱が走った。助けを求めようとしてクロを探すと、障子の横で寝そべっている。

「アーサー……ッ」

アーサーの手が樹里の性器を乱暴に扱《しご》く。樹里は本気で抵抗するべきか否か迷って、身体を丸めた。アーサーがどうしてそれほど自分に対して独占欲を募らせているのか分からない。樹里だってアーサーを愛している。そうでなければ子どもなんてできなかったろうし、妃になるという話だって本気で考えない。けれど他の男としゃべるなとか、籠の鳥のような状態はごめんだった。前々からアーサーの傍若無人な性格に腹を立ててきた樹里としては、おいそれと頷けるものではない。

「う……」

樹里は敷物を乱して息を詰めた。樹里の身体をよく知っているアーサーは、的確に樹里の弱い場所を愛撫してくる。性器の先端を弄《いじ》られると、あっという間に形が変わってしまう。怒ってはいるが、アーサーのことは大好きなので、身体を触られるだけで熱が上がる。

「樹里……」

アーサーの吐息が耳朶《じだ》にかかる。首筋をきつく吸い上げられ、布越しに乳首を引っかかれる。

樹里は抵抗するのをやめ、敷物に肘をついた。せめてもの腹いせに、頑《かたく》なに顔を背けていると、アーサーがわざと肩に噛みついてきた。

「いってぇ……」

肩口にじんじんとした疼《うず》きを覚えてアーサーを睨みつけると、乱暴に唇が吸われる。なしくずしに抱き込まれ、樹里は観念して力を抜いた。


最初、アーサーは乱暴に樹里を抱いた。一度、樹里の中で果てると少し溜飲が下がったのか、樹里の感度を高める行為に及んだ。

樹里の目の前にはアーサーの汗ばんだ顔がある。上気したアーサーの顔は色っぽくて目を奪われる。猛《たけ》った腰のモノが樹里の奥に挿入され、むき出しの身体には鬱血《うっけつ》の痕や濡れた形跡があちこちにある。樹里の性器は勃起《ぼっき》して先走りの汁が垂れている。

「……っ、あ……っ」

アーサーが腰を動かすと変な声が上がる。アーサーは樹里の両脚を大きく広げ、角度を変えるように腰を動かした。また変な声がこぼれて樹里はいっそう頬を朱に染める。

「お前より、お前の身体のほうが素直でいい」

息を乱しながらアーサーに言われて、ムカついて腹の辺りに拳《こぶし》を入れた。多少痛かったのかアーサーが腹を押さえて唇の端を吊り上げている。アーサーの身体は完璧なまでに美しく、割れた腹筋は樹里の拳ではびくともしない。

「ん……っ」

アーサーに深く口づけられる。アーサーの舌が口の中に潜り込んできて、互いの唾液が絡み合う。音を立ててするキスはいやらしい感じがして慣れない。アーサーの手は樹里の上半身を撫で回す。

「んっ、あ……っ、く、クソ……」

アーサーの指で乳首を弾かれると、ぞくぞくとした痺れるような感覚が脳天まで突き抜ける。身体のほうはとっくに蕩《とろ》けていて、乳首を弄られると感じすぎて涙が出る。繋がった奥が疼いてつらい。いつの間にこんなに淫らな身体になったのだろう。

「樹里……、樹里……」

アーサーは樹里の舌を吸って、舐《な》めて、甘く噛む。お互いの唇がくっついたみたいになる。アーサーのキスはしつこくていやらしい。唇がひりひりして顔を背けると、強引に指が口の中に潜り込んでくる。

「あ、う……ぅ、……っ、ン」

指で口内をかき混ぜられ、口の端からだらしなく唾液があふれる。アーサーを睨みつけて指をかじると、腰を突き上げられる。

「ひ……っ、あ……っ」

抵抗したくてもアーサーに腰を揺さぶられると、顔も身体も弛緩していく。何度もアーサーに抱かれ、アーサーの形を覚えている身体は、銜《くわ》え込《こ》んだ性器を離さない。繋がった奥はどろどろになっていって、優しく律動されただけでも気持ちよさに仰《の》け反《ぞ》ってしまう。

「もぉお……、う……っ、あ……っ、あ、あ……ぅ……ぅ」

内壁を突かれ、甘い声が勝手に口から流れ出る。認めたくないがアーサーに中を突かれると、思考が回らなくなる。アーサーの性器で奥を揺さぶられることだけを求めて、全身が性感帯のようになるのだ。

「蕩けた顔をして……、乱れているお前を見ると、身体が熱くなる。お前は自分がどれほど男を誘っているか自覚するべきだ」

アーサーは上半身を起こし、樹里の乳首を摘む。平らな胸を掻きよせるようにして、アーサーが乳首を引っ張る。両方同時に引っ張られてぐりぐりされると、腰が勝手に跳ね上がる。

「何言って……、あ……っ、ん、あ……っ、あっ、あっ、あっ」

上半身を撫でられながら、腰を律動された。ぐちゅぐちゅという音が恥ずかしくて耳をふさぎたくなる。男なのに樹里の身体はアーサーを受け入れると濡れてしまう。音がするほど感じているのかと思うと、頭の芯が焼けるようだ。

「もっと奥がいいんだろう？」

アーサーは樹里の腰を抱え、さらに深い奥まで性器を突き立てる。性器の張った部分がひどく奥まで入ってきて、腰がカーッと熱くなる。

「や、やぁ……っ、あっ、ひ、あ……っ」

アーサーの性器を根元まで入れられ、樹里は仰け反って甲高い声を上げげた。アーサーの性器が信じられないほど奥まで侵入してきて、怖くて、それでいて興奮する。アーサーは樹里の身体が熱くなっているのを確認して、突き上げを深くしていく。

「ひっ、あっ、あ、ああ……っ‼」

ずぼずぼと奥を突かれ、樹里は敷物を乱した。両足をアーサーに摑まれるという不安定な体勢だ。アーサーのなすがままという状態が余計に感度を高める。

「すごいな……、中が溶けるようだ……、たまらない」

アーサーは息を乱しつつ、樹里の最奥《さいおう》をかき乱す。アーサーの太くて長い性器が樹里の中をめちゃくちゃにする。気持ちよくて涙が滲《にじ》み出《で》て、ひっきりなしに甘い声が漏れる。

「やば、い、ぁ、アーサーぁ……っ、イ、っちゃう……っ」

樹里は身悶《みもだ》えながらアーサーを見上げた。アーサーは樹里の絶頂を促すように突き上げ、感じる場所を激しく擦っていく。耐えきれない感覚が迫ってきて、樹里は嬌声《きょうせい》を上げた。

「ひあああぁ……っ‼」

深く奥を突き上げられ、樹里は達した。白濁した液体が樹里の胸や顔に飛び散る。ほぼ同時にアーサーの性器も膨れ上がり、奥に精液を注ぎ込んできた。

「く……、は、ぁ……っ」

アーサーは何かを耐えるように顔を顰《しか》め、樹里の奥で性器をゆっくり動かす。繋がった場所がじんわり熱くなってきて、樹里は溜めていた息を吐き出した。

「樹里……」

アーサーは肩を揺らして呼吸を繰り返すと、樹里の奥から性器を引き抜いた。アーサーの性器につられてどろりとしたものが尻からあふれ出す。

樹里ははぁはぁと息を荒らげ、身体をひくつかせた。気持ちよくて、触れられていなくてもびくびくと身体が震える。

アーサーが目を細めて乾いた唇を舐める。

「すっかり中で感じるようになったな」

アーサーの指が樹里の胸に飛び散った精液を、脇腹のほうへ引き延ばす。そんなささいなしぐさにもびくりと反応して、樹里はアーサーの手を軽く叩いた。

「そーゆーの言わなくていいって……」

いちいち確認するように言われるのが、本当に腹立たしい。こちらは男の矜持《きょうじ》もあるのだ。アーサーは好きだし抱かれるのも慣れたが、言葉にされて頷けるほど達観はしていない。

「慣れないところも可愛い」

アーサーは甘い声で囁《ささや》くと、頬やこめかみを吸う。樹里がアーサーから離れようとすると、逆に樹里の身体を自分の上に持ち上げる。

「ん……」

アーサーの腰に跨《また》がるように抱き上げられて、樹里は身じろいでアーサーの肩に手をかけた。アーサーの手が背中を撫でていく。肩口をきつく吸われると噛まれた感覚がぶり返し、同時に身体が疼いてきた。噛まれたことさえ快感に変わるのだ。

「まだ足りない……」

アーサーは樹里の臀部に手を差し込んでくる。嘘だろ、と思ったが、アーサーの指が尻の奥に潜り込んできて、樹里はぶるりと腰を震わせた。

「アーサー……、もう……、んう……」

アーサーの指が奥に入って、どろどろとした液体がこぼれてくる。精液が垂れてくるのはおもらししているみたいで気持ち悪い。

「……あっ、ちょ……、や、ぁ……」

アーサーの指が奥をかき混ぜてくる。アーサーを受け入れていたそこは柔らかくなっていて、指で擦られるとあられもない声が口をついて出る。

「こんなに感じやすいことを他の男に知られたら大変だな」

内部をぐちゃぐちゃとさせながらアーサーが囁く。

「そんな……、馬鹿言って……、ぁ……っ、も、そこ駄目……っ」

辱められているようで樹里は真っ赤になって首を振った。アーサーは両方の指を尻のはざまに差し込み、色気のある顔でくっくと笑う。

「王である俺がこんなにお前に溺れていることを、民には知られたくないものだ」

びしょ濡れの指で内壁を辿られ、樹里は恍惚として腰を浮かした。すかさずアーサーの唇が樹里の乳首に寄せられ、舌で弾かれる。

「あっ、も……っ、ず、るい……、俺、神殿に戻らないと……」

唇で乳首を引っ張られ、樹里は腰を揺らす。ずっと戻ってこない樹里をサンがそろそろ心配しているはずだ。

「お前は俺の傍にいればいいんだ」

アーサーが乳首をきつく吸い上げて言う。

「それやだって……っ、ン……っ、ううう……」

アーサーが乳首を弄りすぎるせいか、乳首を甘く嚙まれると身体から力が抜ける。樹里がひくひくと腰を震わせると、アーサーは唾液で乳首をぬるぬるにする。

「好きだろ？　ここを可愛がると、中も締まる」

アーサーはからかうように乳首を嚙みながら奥に入れた指を動かす。

「バカ……っ、あ……っ、はぁ……っ、はぁ……っ」

感度の高い場所を同時に愛撫され、また身体が熱くなっていく。アーサーの腹に自分の勃起した性器が当たっている。悔しかったのでアーサーの半勃《はんだ》ちの性器に指を絡ませた。

「アーサーだって……、はぁ……、は……っ」

アーサーの性器を軽く扱くと、すぐに硬度を増していく。これが先ほどまで自分の中に入っていたのかと思うと、鼓動が速まる。意識していなかったが、淫らな表情をしていたらしい。アーサーが情欲に濡れた瞳で、樹里に釘づけになっている。尻の奥からアーサーの指が抜かれ、誘うように硬くなった性器を近づけられる。

「腰を落とせ……」

アーサーの息遣いが荒くなり、耳元で囁かれる。樹里は紅潮した頬をアーサーに向けた。そのまま息を詰めてアーサーの性器を支えながら、自分の尻のはざまに宛がう。ゆっくりと腰を下ろすと、ずぶずぶと硬度のあるものが中に入ってくる。アーサーの大きなモノで身体を開かれる感覚は、怖さと甘さという両極端なものだ。心拍数は上がるし、体温も一気に上昇する。

「はぁ……っ、はぁ……っ」

樹里は息を喘《あえ》がせながらアーサーの性器を奥まで呑み込んだ。アーサーの性器は脈打っていて、たまらない気持ちになる。すべて受け入れると、アーサーが抱きしめてくる。

「樹里、愛している……」

アーサーの睦言《むつごと》が樹里をうっとりさせる。耳朶を甘く嚙まれ、耳の中に舌が潜り込む。樹里は背筋を震わせてアーサーにもたれかかった。尖《とが》った乳首が擦れて甘い声が上がる。

「お前の愛は俺だけにくれ」

アーサーは樹里の唇を食《は》み、小刻みに腰を律動する。向かい合った状態で奥を揺らされ、樹里はとろんとした顔になった。アーサーの言葉に答えなければと思うが、気持ちよすぎて言葉が出

てこない。激しい突き上げじゃなくても、アーサーと繋がっているだけでこんなに気持ちよくなる。アーサーと抱き合っていると、もう一人でする気にはなれない。銜え込んだ奥が熱くて、口からこぼれ出る吐息がうるさく感じる。

「ずっとこうしていたい……」

アーサーが吐息をこぼし、樹里の身体を抱きしめる。甘ったるい空気が流れているのを感じ、樹里は熱い頬をアーサーの首に押し当てた。男同士の恋愛などありえないと思っていた自分が、こうしてたくましい男の胸に身を預けて幸せを感じているのが未だに信じられない。

アーサーはこんなに自分のことを好きなのだ。

強引に抱かれて腹を立てたが、今なら自分の希望を伝えられる気がして、樹里は息を整えた。

「あの、さ、……アーサー」

樹里はそろそろとアーサーを見上げた。優しく揺さぶられて、快楽がずっと続いている。

「なんだ?」

アーサーの唇が弛《ゆる》む。

樹里は潤んだ目でアーサーを見上げた。アーサーの目も強く樹里を見返す。

――この空気ならいけると思い、樹里は上目遣いで見つめながら囁いた。

「俺、ラフランに行きたいんだけど」

ぴたりとアーサーの動きが止まる。

一瞬で甘い空気は消え、無表情になったアーサーが樹里を見据えてきた。

翌朝目覚めると樹里は離れの部屋でクロと寝ていた。

すっかり日は昇り、寝坊もいいとこだ。慌てて起き上がると、腰に力が入らず三歩目で床に頽《くずお》れた。身体は綺麗にされていたが、日の光の下で見ると、身体中に愛撫された痕が残っている。

「み、水……」

這いながら部屋の隅に行き、水瓶《みずがめ》の水で咽《のど》を潤す。

咽がカラカラなのは絶倫王アーサーのせいだ。ラフラン領に行きたいと言ったとたん、さらに激しく抱かれる羽目になった。

(クソぉ、あの男……、心せめーよ!)

何度も何度もアーサーに犯されてへろへろだ。腰は痛いし、喘ぎすぎて咽はガラガラだし、空腹で倒れそうだった。ラフラン領に行きたいと言ったのがよほど気に障ったらしく、アーサーはねちっこく責めてきた。

「お前、俺が王都をおいそれと離れられないと知って、わざと言ってるだろう」

アーサーは樹里が何故ラフラン領に行きたいかも聞かず、えんえん嫌味を繰り返した。樹里の身を心配しているのだろうが、独占欲が強いだけではなく、想像以上に過保護になっているらしい。ラフラン領などという遠方はもってのほかだと怒られた。しかも理由を言おうとした樹里の口を、反論は聞きたくないと言ってふさいできた。

離れに一晩泊まることになって、サンも心配しているに違いない。よろよろしながらクロと離れを出ようとして、樹里はふと足を止めた。

(そういやここって、中島さんが置いていった物がそのままなんだよな)

縁の下に隠してある箱が気になり、樹里は縁側から庭に出た。誰もいないのを確認して、縁側の下に潜り込む。樹里が入れるくらいの高さの床下を、這うようにして進んだ。しばらく行くと、床板に突起物がある。

(よかった、誰にも見つかってないみたいだ)

突起物はからくり箱仕様で、日本語で説明書きされている。よほど頭のいい人でなければ開けることはできないだろう。以前と同じ手順で箱を開け、改めて中身を確認した。入っているのは実用品が数点。万能ナイフや虫眼鏡、裁縫セットなどだ。その中に何度も繰り返し使えるカイロがあって、樹里は嬉々《きき》として取り出した。残りはしまって再び箱を閉じる。

(そういやここで銃をもらったんだよな……)

在りし日の記憶を思い出し、樹里は暗い面持ちになった。

中島はこの世界に銃を持ち込んだ。その銃は樹里に託され、樹里によってラフラン領に運ばれた。ジュリを倒すために持っていった銃だが、ジュリには通用しないと分かってランスロットの城に置いたままなのだ。

(あれ、どうにかしなきゃだよなぁ。間違って誰かに使われたらまずいし。つってもランスロッ

トが戻ってきてくれないと、ランスロットの部屋にあるからなぁ)

銃のことを思い出して、樹里は気が滅入った。自分の手に余るものなら、再びここに隠したほうがいいかもしれない。

樹里は縁側から這い出た。待っていたクロに跨って、神殿まで戻る。

神殿の廊下で、偶然通りかかったサンが樹里を見て慌てて走ってくる。樹里がだるそうな顔をしているのが気になったのだろう。

「大丈夫ですか⁉　樹里様！　アーサー王とご一緒だと伺っていたのですが……」

サンは樹里の体調を慮《おもんぱか》って怪我《けが》がないか確かめる。樹里はクロに寄り添いながら、やつれた顔で微笑んだ。

「いや、ちょっとアーサーの機嫌を損ねちゃって……。腹減って死にそうだから、何か食わせて」

部屋に戻って落ち着くと、サンが熱いお茶を淹《い》れてくれた。

「ところで樹里様。今、ケルト族のダヤン様が祈禱をなさっていますよ。行かなくていいんですか？」

不思議そうにサンに聞かれ、お茶を噴き出してしまった。すっかり忘れていた。そうだ、今日ダヤンが祈禱するので参加するよう大神官から言われていたのだ。

「やべぇ！　マジ、やべぇ！　急いで行かなきゃ！」

乱れた衣服を着替えて、樹里は大急ぎで部屋を出た。それもこれもアーサーのせいだと思うと怒りが湧き起こる。アーサーが知らないはずはないのだから、絶対嫌がらせだ。

「なんで迎えに来てくれなかったんだよ！」

廊下を走りながらサンに文句を言うと、「迎えに行ったらアーサー王に帰っていいと言われたので」と困惑ぎみに返される。余計にアーサーに恨みが募った。

石造りの階段を駆け足で下りると、広間の奥から声が聞こえてきた。オオオ……という低い唸《うな》り声《ごえ》で、クロの耳がぴくぴく動いている。大きな柱が四本建っている女神像の前で、ダヤンが火を焚《た》いて獣みたいな声で祈禱をしていた。大神官が行う祈禱は神々に対する謝辞の羅列みたいなものだが、ケルト族はだいぶ違うらしい。火に向かって一心不乱に踊り、獣のような唸り声を上げ続けている。

ダヤンの祈禱を大勢の重臣が見に来ている。宰相《さいしょう》のダンや、騎士団隊長、マーリンまでいる。ケルト族の若者たちは一列に並んであぐらをかき、踊り狂うダヤンを見守っていた。歩けずグリグロワに背負われていたのが嘘のようにダヤンは踊っている。その後ろにはキャメロット王国の神官が並び、大神官も真ん中に座っている。大神官は退屈なのか、扇子であくびを隠している。

「こっそり紛れ込もう」

樹里は小声でサンに合図した。列の最後尾について、素知らぬ顔でダヤンの祈禱を見守る。アーサーはいないようだった。

「なんか怖いですね」

サンは髪を振り乱して祈るダヤンに惧《おそ》れを抱いたようで、樹里にぴったりくっついている。

「王都に不吉な影あり……」

意味のない言葉を呟えていたダヤンがふいに火の前で両手をかざし、呟いた。樹里はびっくりして前のめりになったが、周りの人は誰も騒いでいない。よく見るとグリグロワや他のケルト族の若者の顔が強張っていたので、ダヤンはケルト語でしゃべっていると分かった。だから神官たちは冷静でいられたのだろう。

「北から蛮族が近づいてくる……、オオオ……」

北から蛮族——それだけではキャメロット王国の情勢にくわしくない樹里にはよく分からない。ケルト語の分かるマーリンを窺《うかが》うと、苛立たしそうに眉根を寄せている。

「コンラッド川の二股に分かれた場所に居を構えるべし……オオオ……」

ダヤンはさらにいくつもの言葉を紡ぐ。どうやらダヤンは神の声を祈禱の最中に伝えるらしい。そういえば憑依するタイプだとグリグロワも言っていた。

「オオオ……オオオ……」

まだ何かあるかもと真剣に見守ったが、あとは意味のない唸り声ばかりだった。

さらに四十分ほど踊り続け、ダヤンの祈禱は終了した。終わりを告げられると場にホッとした空気が流れた。大神官はダヤンをねぎらい、もてなすための部屋へと誘導する。どうやら樹里が遅れたことには誰も気づかなかったようだ。

「マーリン」

樹里はざわつく人込みをかき分け、マーリンに声をかけた。マーリンはダンと話し込んでいた。

ダヤンのお告げについて語っているようだ。樹里に気がつき、ダンが一礼する。

「神の子、あなたもお聞きになったか。ダヤン殿のお告げを」

ダンは白く長いひげを生やした老人で、いつでも冷静沈着で学者みたいな雰囲気の男だ。ダンもケルト語は理解していて、浮かない顔つきだ。

「王都に不吉な影あり、北から蛮族がくるとか言っていたような……。コンラッド川の二股に分かれた場所に居を構えろってのは、補給地のことかな？」

樹里が記憶を辿りつつ答えると、ダンは出来のいい生徒を見るような優しい眼差しになった。

「神の子もケルト語をお分かりになるとは、勉強家でいらっしゃる」

ダンに褒《ほ》められ、不勉強の樹里は肩身が狭くなった。習わなくても言葉が分かる樹里は、ずるをしているような気がして言葉に窮する。

「補給地に関しては、ダヤン殿の条件に見合った場所に造るのがよいでしょうな。それにしても北の蛮族とは……至急、調査しましょう」

ダンはマーリンと目を見交わし、低い声で話す。ダンがアーサー王にダヤンのお告げを知らせに去ると、マーリンはふうと大きなため息をこぼした。

「マーリン、ダヤンのお告げは本物なのかな。やっぱ昨夜のあれも……」

樹里は昨夜の不気味なお告げも真実ではないかと不安になった。仮にもケルト族の祈禱師なのだし、昨夜の話をアーサーに知らせるべきではないだろうか。

「そうだな、耳に入れておくべきだろう……。しかし、ケルト族の祈禱は効率的ではない。四時間かけてあの程度の未来しか占えないとは。無能な老婆め」

マーリンは馬鹿にした笑いを浮かべている。ケルト族に聞かれたら大変なので、樹里は焦って辺りを見回した。幸い近くにはケルト族は残っていなかった。

それにしても祈禱に四時間もかけていたとは、知らなかった。あれを四時間も見せられては、さすがにぐったりしたかもしれない。

「そんなこと言って。北の蛮族が攻めてくるかもしれないんだろ？　たいしたもんだと思うけど」

歩きだすマーリンにくっついて言うと、鼻で笑われた。

「北の蛮族など、もう何年も前から把握している。今さらたいした情報ではない。こんなものはケルト族が求めている場所に補給地を造るための茶番にすぎない」

マーリンはどこまでも辛辣《しんらつ》で、容赦ない。モルガンを倒すための補給地を造るにも、いろいろ気を遣わなければならない事情があるようだ。

「マーリン殿、神の子」

人垣の中からグリグロワが現れ、樹里たちは足を止めた。

「昨夜は失礼した。今日のダヤンのお告げには昨夜の予言はなかった。やはり邪《よこしま》な魔物に憑依されていたのだろう。忘れてくれ。酒を飲みすぎるとダヤンは不吉なことしか言わないので困っているんだ。もうあまり飲ませないようにする」

グリグロワはどこか安堵した様子だ。グリグロワにとってもお告げの内容は気になるものなのだろう。変なことを言って和睦を結んだキャメロット王国と仲違《なかたが》いになったら困るからだ。予定では補給地の場所を決めるだけだったらしく、北の蛮族の話は予定外のお告げだったそうだ。

「ダヤン殿の占いを受けて、補給地の場所について候補を出しましょう」

マーリンは涼しげな顔でグリグロワと接している。とても先ほど無能な老婆と罵っていたとは思えない。マーリンとケルト族の者たちはこれから王宮で会議なので、樹里はサンと部屋に戻ることにした。

「我が国の祈禱と違って、ケルト族の祈禱はなんだか怖いですねぇ」

サンは憑依している間のダヤンが不気味だったとしきりに言っている。ケルト族の祈禱は自然霊を呼ぶそうだが、どんな自然霊を呼んだのだろう。機会があったらダヤンに聞いてみようと思いながら、樹里は広間を後にした。

ケルト族との会議は連日行われ、補給地を造る場所についても決まったという。補給地の設計や建築、指揮する責任者なども次々と抜擢《ばってき》され、ケルト族は三日後には村へ帰ることになった。帰る際は下見を兼ねて騎士のユーウエィンとマーハウスも同行するらしい。二人が補給地の責任者となったようだ。モルガン討伐のための補給地なので、二人ともずいぶん意気込んでいる。

会議が順調に進むにつれ、樹里も焦ってきた。母を救うために何もできずにいる自分が歯がゆい。モルガンの夢を見なくなったのは助かったが、現実世界では日々焦りが募っている。あの後改めてアーサーにラフラン領に行きたい理由を説明したが、むすっとした顔で「却下」と言われた。妖精王に会って聞きたいことがたくさんあるのに、代わりの者に頼めとすげなく断られる始末だ。アーサーとはまるで喧嘩中《けんかちゅう》みたいな雰囲気になっている。

アーサーは時がくれば自然と樹里の腹から子どもが生まれると思っているようで、樹里ほど出産に関して心配していない。こんな時ランスロットがいれば、ラフラン領行きの件も味方してくれたのに。愚痴ってても仕方ないことだが、ランスロットの不在が重くのしかかった。

最悪の場合、家出するしかない。家出という言葉は適当ではないかもしれないが、アーサーほど悠長に構えていられない。エクスカリバーを盗んだ時に黙って逃げた過去があるのでできれば許可を取っていきたいが、アーサーが絶対に許さないと言うなら強硬手段しかない。その場合せめてマーリンを味方につけたいものだ。

悶々《もんもん》と悩んで神殿の広間を横切っていると、ケルト族の若者たちが集まって話し込んでいる。もうすぐ村に帰る彼らは市場を見に行きたいと言っていた。ダヤンは部屋で休んでいるようだ。

「俺、案内しようか？　今日はちょうど大きな市があるし」

話が聞こえてきたので気軽に声をかけると、ケルト族の若者たちがまん丸の目をして樹里を見返す。

「神の子、いいのか？　あなたはここでは神に等しい存在と聞いているが」

グリグロワは戸惑ったように言う。誰がそんなアホなことを言ったのか知らないが、市場の案内くらいなら樹里にだってできる。

「へーき、へーき。つうか、村に土産とか持って帰んなくていいの？　外国の綺麗な布とか売ってるよ？　日持ちする食べ物とか」

彼らを喜ばせようと、樹里が提案すると、ケルトの若者たちは目を輝かせてグリグロワをせっつく。グリグロワは苦笑して、樹里に頭を下げた。

「では神の子、案内を頼む」

「オッケー。じゃ、寒いから羽織るものとってくる」

軽い気持ちで引き受けて、樹里は部屋に戻ってマントを取り出した。部屋で勉強をしていたサンが、樹里が出かけるのを知って青ざめる。

「樹里様、そんな突然、お出かけなんて聞いてません！　勝手に決めないでください！　アーサー王からも外出は禁止と言われてるのに！」

サンは慌てふためく。外出禁止とは、まるで自分はアーサーの所有物ではないか。

「俺はアーサーの許しがなきゃ外にも出られねーのかよ！　クロがいるからお前は来なくていい！」

イライラが溜まっていたのでつい大声で怒鳴って部屋を飛び出した。サンが「待ってください、僕も行きます」と部屋でどたばたしている。樹里はクロに飛び乗って神殿の廊下を駆けると、階段も飛ぶように駆け下りた。

神殿前の大階段の下ではケルト族の皆が馬と共に集まっていた。樹里がクロに乗って登場すると、警備をしていた神兵がびっくりして駆け寄ってくる。

「樹里様、まさか外出ですか?」

「困ります、予定にない行動をされては」

神兵は樹里を止めようと立ちふさがってくる。これもアーサーの命令だろうかと腹が立ち、樹里は強引に神兵を押しやった。

「市場に行くだけだ。心配なら神兵を連れていく」

神兵の一人が急いで別の神兵を呼びに行く。それを待っているつもりはなく、樹里はケルト族の者たちを誘うようにクロと飛び出す。

「行こうぜ!」

樹里は大声でグリグロワに向かって言った。樹里がぐんぐんと走っていくと、ケルト族の若者たちも急いで馬に飛び乗り追いかけてくる。

「お前、馬とどっちが速いの?」

樹里はクロの首に摑まっていたずらっぽく尋ねた。もちろん自分だというようにクロがスピードを上げて市場に向かう。


サンと神兵を振り切って市場に着くと、ケルト族の若者たちが物珍しそうに周囲を見て馬から降りた。

「神の子の乗り物は速いな、ついていくのがやっとだった」

四角い顔のミルディンは大らかな性格らしく、ひとしきり笑っている。獣の皮を被った集団がやってきたので、市場にいた人たちが興味本位で集まってきた。噂に聞いたケルト族を一目見ようと、わらわらと子どもたちが近づいてくる。

「これが市場か。なんとたくさんの店があるものだ」

グリグロワは並んだ軒《のき》を見渡し、感嘆した。樹里は市場の入り口にあった宿屋の主人を捕まえて、馬の世話を頼んだ。ケルト族の若者たちは身軽になって市場を練り歩く。長い通りには、ひしめくように店が並んでいる。キャメロット王国では月に一度、許可なしで店を開くことが許されている日がある。この日ばかりは大人も子どもも競って茣蓙《ござ》を敷き、商品を売るのだ。

ケルト族の若者たちは豊富な物資に興奮してあちこち目移りしている。樹里は通訳を買って出て、店の者におまけしてもらったり値切ったりと忙しかった。

「ぼったもんも多いから気をつけろよ！　あっ、それぼったくり」

ケルト族の若者とわいわい騒ぐのは楽しく、樹里は立場を忘れて友達と遊んでいる気分になってはしゃいだ。キャメロットの民は皆陽気で、最初は遠巻きに眺めていた子どもたちも、クロに乗ったり、ケルト族の若者の毛皮にしがみついたりしてすっかり仲良くなっている。

「王都は力があるな」

楽しく笑い合っていると、グリグロワが目を細めて呟いた。

「水も土地も整備され、人々は活気がある。我らの村とは大違いだ。歴代のキャメロット王がケルト族を支配下に置こうとしたのも無理はないと、ここに来て初めて分かった」

グリグロワは次の長《おさ》として、別の視点でこの国を見ているようだ。確かに王都は巨大で、あらゆる設備が進んでいる。川から水を汲んでくるというケルト族の村に比べたら、王都の治水システムは完璧に見えるだろう。

「でもアーサーはケルト族の力を認めてるよ。それだけグリグロワたちの民族が強いってことだろ？」

グリグロワが落ち込んでいるように見えたので、樹里はそう言った。ふっとグリグロワの口角が上がって、樹里の手を取る。

「あの悪魔と同じ顔なのに、不思議だ。神の子の言葉には精霊が宿っている。神の子は妖精と話せるそうだな。ダヤンのような力を持っているのか？」

グリグロワの熱い眼差しを受けて、樹里は言葉に詰まった。自分の特殊な力の源について知ったら、グリグロワは血相を変えるかもしれない。モルガンの血を引いていることは彼らには明かせない。

「神の子、こっちに来てくれ。これを買いたいんだが」

ミルディンがお香の店先で手を振る。樹里はグリグロワの手を放して歩きだそうとした。ふっと鼻腔《びくう》にツンとくる香りが漂う。何だか嫌な記憶を呼び覚ます匂いだ。そう思った瞬間、隣にいたクロの毛が逆立った。同時に黒い影が視界の隅を横切り、樹里はハッとした。

グリグロワが樹里の背後に立っていた中年男性の腕を捩《ね》じ上《あ》げている。

「神の子、こいつは知り合いか？」

グリグロワが摑んでいる中年男性の手にはナイフが光っていた。近くにいた女性が「きゃああ！」と悲鳴を上げたので、その場にいた人たちが一斉にざわめいた。その人波をかき分けて別の男性がナイフを振りかざして樹里に突っ込んできた。反射的に身構えたが、ケルト族の若者がすかさず男を蹴り上げて地面にのす。

「な、なんだ……？」

樹里は身体を硬くして周囲に目を走らせた。気のせいじゃなく二人とも樹里を殺そうとしていた。

「妙だな」

グリグロワはこの状態でも冷静で、摑んだ男を手早く拘束する。油断なく周囲を見据え、樹里を守るように隣に立った。グリグロワの捕まえた中年男性も、もう一人の男も、目はうつろで涎《よだれ》を垂らし、話しかけてもろれつが回っていない。

「大丈夫か⁉　神の子を狙っていたようだが……」

ミルディンが青ざめて駆け寄ってくる。

「何事ですか⁉」

騒ぎを聞きつけて警備を担当していた騎士たちがやってきた。樹里は拘束された二人を騎士に渡し、はぁとため息をこぼす。以前もこんなことがあった。あれはマーリンがまだ樹里の命を狙っていた時のことだ。嗅いだ覚えのあるお香に何か秘密があるに違いない。拘束された二人は自分が何をしたのか分かっていない様子だ。

「あのさ、このことアーサーに黙っていてくれないかな……」

警備の不備を詫《わ》びる騎士にこっそり言ってみたが、真顔で「とんでもありません！　すぐ報告します！」と返されてしまった。

神兵も連れずに市場に来たことを知られたら、アーサーにどれだけ怒られるか分からない。帰るのが憂鬱《ゆううつ》になっていると、樹里たちを探していた神兵と合流した。神兵たちは樹里が暴漢に襲われたと聞き、血相を変えている。

「グリグロワ、皆もありがとう。命の恩人だよ」

気分は下降していたが、とりあえずグリグロワたちに礼を言わねばと無理に笑ってみせた。さすが戦闘にかけては一流の彼らは、どんな時でも抜かりがない。

「たいしたことではない。だが、神の子。命を狙われているのか？　……モルガンか？」

グリグロワの目が鋭く光る。モルガンと対峙《たいじ》した際に、モルガンが樹里に対して憎しみを露《あらわ》にしたことを覚えているのだろう。

「多分そうだと思うけど……」

モルガンの名前が出るとケルト族の若者たちの顔も曇る。彼らはこんな遠い王都にまでモルガンの手が伸びていることに脅威を抱いている。

騒ぎが起きたので王宮に戻ろうということになり、樹里たちは市場を出た。ケルト族の若者たちは村への土産を買い込んで満足そうだ。

「あーあ。これでまたラフラン行きが遠くなる……」

帰りの道で樹里が肩を落として呟くと、グリグロワが片方の眉を上げて樹里を覗き込む。早く帰りたくない樹里は徒歩で神殿に向かっている。グリグロワたちも荷物を馬に載せ、樹里に倣《なら》って歩く。

「ラフランに行きたいのか?」

「あーうん。妖精王に会いたいんだけど、アーサーが許してくれないんだよなぁ……」

樹里ががっかりして言うと、グリグロワがにやりとした。

「大事にされているということだろう。よければ、我らが村に帰りがてら、ラフランまで神の子の警護をしてもよいが」

グリグロワの提案に樹里はパッと目を輝かせた。ケルト族の村に戻るのにラフラン領を通るのは遠回りになるが、それでも構わないと彼らは言ってくれているのだ。それならアーサーも少しは譲歩してくれるかもしれないと希望が生まれた。アーサーは往復の道中で何か起こるのではないかと心配しているのだから。

「マジで! 頼む、もうホントお願いします! 俺がラフランに行くのをアーサーに切り出したら援護してください!」

樹里に頼まれてもノーしか言わないアーサーだが、グリグロワの口添えがあったら意見を変えてくれるかもしれない。

わずかな希望を見出して足取りも軽く歩いていると、遠目に城の吊り橋から白馬が飛び出してくるのが見えた。乗っているのはアーサーだ。おそらく知らせを受けたのだろう。城に続く道をちんたら歩いている樹里を見つけ、恐ろしい形相で迫ってくる。

「ひぃ、怒ってる」

樹里はグリグロワの背中に隠れ、アーサーがやってくるのを待った。

「樹里、無事で何よりだ。グリグロワ、ケルトの者たちよ。樹里を守ってくれて感謝する」

樹里の前で下馬すると、アーサーは樹里の身体を抱き寄せ、グリグロワたちに礼を言った。樹里の身体に傷一つないのを確認すると、アーサーはホッとした表情になったが、次の瞬間には怖い顔で凄《すご》まれた。

「お前、神兵もつけずに出ていったと聞いたが、俺の聞き間違いか？　そんなはずはあるまいな？　お前一人の身体ではないと知りながら、よもやそんな軽率な真似はしないよな？」

アーサーは案の定怒り心頭で、そっぽを向く樹里の顎をぎりぎりと摑む。暴漢からはかすり傷一つ負わなかったが、アーサーの手で顎を砕かれそうだ。

「アーサー王、何事もなかったのだし、その辺にしては。ところで神の子はラフランに行くそうだな。ぜひ我らにラフランまでの警護をさせてくれ」

グリグロワに宥《なだ》められ、アーサーは顔を引き攣らせて樹里を睨みつけた。先ほどとは違う理由で怒っているのが空気を通して伝わってくる。

「グリグロワに色目を使うなと言ったはずだが？」

アーサーに低い声で呟かれ、樹里は急いで首を振った。

「なんもしてねーって！　マジで！」

貞操まで疑われてはたまらない。

「グリグロワ。樹里がラフランに行くなど聞き間違いだろう。俺は許可した覚えは……」

「アーサー、俺はラフランに行くよ！　アーサーが許可しなくても！」

樹里はアーサーの発言を遮って、大声でまくしたてた。このままではアーサーは一生許可などしてくれない。けれどどうしてもラフランに行かなければならないのだ。グリグロワが援護してくれている今ここで自分の意思を主張しないと、永遠に神殿に閉じ込められてしまう。

「樹里……」

アーサーの発言に逆らう樹里に、アーサーがぎりぎりと歯ぎしりする。負けじと樹里も拳を握った。

「俺がアーサーの民じゃないって言ったのはアーサーだろ⁉　それじゃあ俺に命令することもできないはずだよな⁉　何度も言っているけど、俺はどうしても妖精王に会って、今後のことを聞きたいんだ！　自分のことだけじゃなくてランスロットのことも聞きたいしさぁ！　すぐ帰ってくるから！　それにラフラン領にはモルガンは入れないだろ？　ここと同じくらい安全な場所だ！」

アーサーが怒り狂っているのは顔を見れば一目瞭然だったが、ここで引くわけにはいかないと樹里は弾丸のごとくしゃべり続けた。アーサーがわずかに怯《ひる》んだのを見逃さず、樹里は地面に手をついて頼み込んだ。

「アーサー、マジで頼むよ！　許してくれなきゃ、最悪、俺こっそり逃げ出しちゃうかもしれない！　それよりはケルト族っていう頼もしい部族が一緒のほうがいいと思うんだけど！」

「お前、俺を脅《おど》す気か！」

アーサーは目をむいてわなないている。樹里は必死だったが、ケルト族の若者や神兵たちは笑いをこらえている。

「アーサー王、神の子の身が心配な気持ちは分かるが、籠《かご》の中にいれば安全というわけではないのはあなたも分かっておられるだろう」

グリグロワが笑みをこぼしつつアーサーに言う。アーサーは苦虫を嚙み潰したような顔で樹里の腕を引っ張って立たせた。

「……勝手にしろ！」

アーサーが吐き捨てて、馬に跨る。アーサーは咎《とが》めるような視線を樹里に送ると、無言で城に戻っていった。今のは許しととっていいのか。それとも愛想をつかされたのか。

「アーサー王に同情する」

何故かグリグロワがやれやれと肩をすくめて樹里を見ている。悪いのは樹里という空気を感じとって、納得いかずに顔を顰めた。

樹里のラフラン領への旅は許可された。ラフラン領まではケルト族と騎士十名、神兵十五名が警護することになった。ケルト族はラフラン領を経由して村に戻り、騎士十名は樹里をラフラン領まで送り届けた後、補給地の下見や視察を兼ねてケルト族と共にコンラッド川を目指す。神兵十五名は樹里と共にラフラン領に残る。

許可はされたものの、アーサーとの仲はよりいっそう険悪になった。あれ以来アーサーはむっつりとしてろくに返事もしてくれなくなったのだ。樹里が礼を言っても無視、ご機嫌伺いに行っても無視、謝っても無視、と大人げない。だんだん樹里も気分が悪くなってきて、そっちがその気ならしらねーよ、と部屋で文句を垂れている。

ラフラン行きを取り消すわけにはいかなかった。グリグロワの口添えのおかげでどうにか行けることになったのだ。この機会を逃すわけにはいかないと、樹里は旅の支度をした。妖精王に会えるかどうか分からないが、少なくとも神殿で悶々としているより百倍いい。

「僕も行きますからね！」

連れていくと言っているのに、サンは何度もそう主張している。

一方、市場で襲ってきた二人は、牢に入っている。意味不明の言葉を繰り返していて、何故樹里を襲ったのか分からずじまいだった。マーリンに聞くと、彼らから特殊な匂いがするという。神経を麻痺させて幻覚を見せる薬草が存在し、それを燻《いぶ》して嗅がせると彼らのようになるのだそうだ。モルガンの仕業だろうとマーリンは言うが、確かな証拠があるわけではない。身辺に注意する他なく、あれから外出する際、神兵の護衛が増えた。

王都は日増しに春らしい陽気になり、ラフラン領に持っていく手土産の作物もよく育っている。

妖精王に会えたらどうやって子どもを産むかということと、ランスロットがどうなっているかということ、そして母を助ける方法がないか聞きたい。

ケルト族が村に帰る朝、樹里は彼らとともに出発した。

Camelot Kingdom

4 ランスロットの幽霊

A Ghost of Lancelot

髪を振り乱した女性が目の前にいた。

樹里《じゅり》はぼんやりした意識の中、女性の長い黒髪がうねうねとそれ自体が意思を持っているように動くのを見た。女性の怒りと同調するように、黒髪が乱れて動く。目の前にいて怒り狂っているのはモルガンだ。

モルガンは大きな水晶の玉を覗き込んでいた。モルガンの肩越しに樹里が覗くと、仲睦《なかむつ》まじそうに歩く二人の男女が映っていた。

（これ、母さんと父さんだ……）

その二人が若い頃の父と母だと樹里はすぐに気づいた。

「ネイマー、どうして私の声に答えぬ……!?　あなたのすべきことは私の分身の監視のはず……、まさか私の分身に心まで奪われたというのか……っ!!」

モルガンは絶叫しながらテーブルを叩いた。自分と同じ顔、同じ声を持つ母を忌々しげに睨《にら》みつけ、長い爪で水晶玉を鷲掴《わしづか》みにする。

水晶の中の二人は砂浜を歩いていた。母の長い髪が海風になびき、父が乱れた髪を手で梳《す》く。

足元に迫ってくる波を避けて、母が笑って父に抱きついた。父はふと感極まったようにきつく母を抱きしめた。

『翠《みどり》、すまない』

母の耳元で父が呟く。思いがけない強い力で抱擁《ほうよう》された母は、驚いて父を見上げる。

「ネイマー、それを言ってはいけない……っ！」

水晶玉越しに二人を見ていたモルガンが悲痛な叫びを上げる。モルガンの身体はわななき、今にも卒倒しそうだ。

『どうしたの？　あなた』

母は困惑しつつも父の瞳を覗き込む。父はじっと母を見つめ、唇を震わせた。潤んだ瞳がゆっくりと閉じられる。

『――君はある日、突然意味もなく死ぬことがあるかもしれない』

父の固い声が波の音に紛れて母に届く。

モルガンが仰《の》け反《ぞ》って悲鳴を上げる。

『どういう意味？　何を言っているの？』

母は戸惑いながら父に聞く。

『私は君を死なせたくない。同じ魂だと思っていたのに、私は君により強く惹《ひ》かれてしまった。やはりこんなことは間違いだった。君を本来あるべき場所に戻さなければならないんだ』

父の瞳が細まり、母の頰を愛しげに撫でる。

『モルガンの声が聞こえなくなった、私は君を死なせたくない……』

父の唇が母の唇に吸い寄せられる。それを最後まで見ていたくなかったのだろう。モルガンは水晶玉を床に叩きつけて粉々にした。破片がモルガンの指を傷つけ、赤い血が流れる。モルガンは獣じみた声を上げた。

「どうして誰も彼も私を裏切る……っ⁉　ネイマー、お前だけは私の信頼を裏切らないと思っていたのに……っ、ああ、憎い、おぞましい、かつては私だったものが、私を狂わせる……っ‼　ネイマー、何故私の声を聞かなくなった……っ‼」

モルガンはよたよたと移動し、床に崩れ落ちた。モルガンの黒髪が床を這い回り、何かを締めつけるような動きをする。モルガンの怒りに触れてか、近くにあった瓶や器を次々と破裂していく。

そのまま絶叫し続けるかと思ったモルガンは、ふいにその動きを止めた。やがてのっそりと起き上がったモルガンの目は冷たい光を放っていた。

「ネイマー……。とても残念よ」

モルガンの髪のうねりは収まっていた。モルガンはすっくと立ち上がると、宙を見据える。

「私、あなたを、殺さなくちゃ……」

ナイフの切っ先が自分に向かってくるのが見えて、樹里は息を呑んで目を開けた。

――最初に視界に飛び込んできたのはサンのあどけない顔。それから自分に寄り添うクロの銀色の毛並み。

「大丈夫ですか？　うなされてましたよ」

　ガタガタという振動を感じ、樹里は我に返った。樹里は今、馬車で旅をしている。騎士団や神兵、ケルト族と一緒にラフラン領へ向かう旅だ。昨夜は久しぶりの野宿で眠れなくて、馬車での移動中うとうとしていたのだ。最近治まっていたのに、またモルガンの夢を見てしまった。

「わりぃ。また嫌な夢見ちまった」

　樹里は額の汗を拭《ぬぐ》い、小窓から外を見た。王都を出発してから三日が経ち、もうすぐラフラン湖が見える距離まで近づいている。途中、賊《ぞく》に襲われることもなく、旅は順調だった。全力で馬を駆れば一日半という距離だが、のんびり移動しているので馬車の揺れも気にならない。

「神の子、最後の休憩だ」

　ややあって川の近くで馬車が停《と》まり、グリグロワが扉を開けて言った。グリグロワが言うには、夜にはラフラン領に入るそうだ。馬車から出て新鮮な空気を吸うと、むっつりしているマーリンを見る。

「なんで私がお前の警護の一端を担《にな》うのだ……」

　マーリンはずっとぶつぶつ言っている。ラフラン領に行くにあたって、アーサーがマーリンにもついていくよう命じたのだ。マーリンは王都に残りたかったらしいが、アーサーの勅命を受け仕方なく引き受けた。けれど腹の虫が治まらなかったのだろう。道中、えんえん嫌味を聞かされた。

（怒っててもアーサーは王様だよなぁ。マーリンを護衛につけたのは俺を心配してだ）

アーサーのことを思い出し、樹里はため息をこぼした。

結局出発までアーサーとは仲直りできなかった。アーサーも自分の意思を曲げる気はないし、樹里もラフランに行かないという選択はできなかった。出発の際にいつものようにキスくらいすると思っていたので、そっけなく送り出された時には、このまま別れを切り出されないか不安になった。

「今日中にラフランに着くし、明日には王都に戻っていいから。ラフランは安全な場所だしさ」

樹里が嫌味っぽく言い返すと、マーリンは「そうさせてもらう」とにべもない。

ラフラン領は妖精王が守っているので、邪《よこしま》な存在は入ってこられない。いたるところに妖精がいるのは、それだけこの地が清浄であることを示すのだ。最初はマーリンがいるのは心強いと思ったが、連日嫌味を聞かされ精神的なストレスで爆発しそうだ。

「ケルト族とお別れするのは寂しいですね」

馬車から降りてきたサンが、しみじみと言う。ケルト族の若者たちは子どもが好きで、サンによく声をかけてきた。サンは「子ども扱いしないでください」とつんけんしていたが、内心では嬉しかったようだ。

「そうだな、まぁでもまた会えるだろうし」

補給地を一緒に造るので、これからも交流は増えるだろう。樹里のなぐさめにサンも笑顔を取り戻した。

馬に水を飲ませた後、川の近くで石を積み、即席の竈《かまど》を造る。火をおこし、神兵たちが持ってきた具材を鍋に入れ昼食を作り始めた。ケルト族の若者たちは弓矢を取り出し、ラフランへの手土産に狩りをしてくると言って馬で出かけていった。ラフラン領の外で狩りをするのが、彼らなりの気づかいらしい。

樹里はユーウエィンとマーハウスの囲む焚き火《たび》に近づいた。二人は今回の責任者とあって、いつにも増してはりきっている。

「樹里様、この機会にぜひお聞かせ願いたいのですが」

ユーウエィンは岩場に腰を下ろして樹里と向かい合う。ユーウエィンはライオンのたてがみみたいな髪に、鍛え上げた肉体を持つ男だ。

「ランスロット卿はいつ戻られるのでしょう？　そもそもケルト村で一体何があったのですか？　アーサー王はランスロット卿が敵の罠にはまったとおっしゃるが、ランスロット卿ほどのお方がそうやすやすと討たれるわけがない。どうかくわしい話を聞かせてくださいませんか？」

ユーウエィンはランスロットが戻ってこないのを不審に思い始めている。敵の策略にはまって危険な状態になったと言ったのはアーサーだ。本当は樹里が妖精の剣で刺し殺したのだが、そんなことを言いだしたら大変な騒ぎになるのでごまかした。

「え、ええっと……」

あの時、樹里を助けるためにランスロットがケルト族の村を飛び出したのは、皆が知っている。ユーウエィンもマーハウスも樹里なら真相を知っているに違いないと身を乗り出して答えを待っている。

「クミルに扮したガルダが、ケルトの村に赴く前からランスロット卿に毒を盛っていたのです」

答えに窮していた樹里の横に、いつの間にかマーリンが立っていた。マーリンの発言にユーウエィンとマーハウスが「なんと！」と目を剝く。マーリンは樹里の隣に腰を下ろすと、樹里の横に寝そべっていたクロの尻尾《しっぽ》を足先で追いやった。

「その毒は恐ろしい効力を持っておりました。忠誠心の厚いランスロット卿が、アーサー王に剣を向けたくなるほどの。ですがランスロット卿はアーサー王を殺すくらいなら自分が死んだほうがマシと願い、自らの胸を妖精の剣で貫きました」

マーリンの話に衝撃を受けて、ユーウエィンとマーハウスがわななく。大筋はそのままで、樹里の行為を隠したマーリンに舌を巻いた。口は悪いし油断ならないが、マーリンは時々こんなふうに樹里を助ける。ひそかに感謝の念を抱きつつ、樹里は「そうなんだよ」と相槌《あいづち》を打った。

「そのような恐ろしいことが……」

マーハウスはすっかりマーリンの話を信じ、頭を抱えている。

「あのランスロット卿がそのようになるとは、よほど恐ろしい毒ですな。しかし、あっぱれです。ランスロット卿こそ、真の騎士」

ユーウエィンはランスロットを尊敬しているので、その忠義心に真の騎士道を見出したようだ。

「妖精の剣を使ったせいか、妖精王が現れ、ランスロット卿の命を自分に預けるよう仰ったそうです。妖精王ならきっとランスロット卿の命を復活させてくれるでしょう。我々は妖精王を信じて、ランスロット卿の帰りを待ちましょう」

マーリンは神妙にそう締めくくる。とてもランスロットと仲が悪いようには見えない。マーリンの舌は二枚あると樹里は内心で独り言《ひとご》ちた。

「ようやく我らにも事の次第が分かりました。樹里様、妖精王にお会いできたら、早くランスロット卿の無事な姿を見せてくれるようお願いしてください」

ユーウエィンに熱く見つめられ、樹里はこくこくと頷いた。

「二人は本当にランスロットが好きなんだなぁ……」

樹里は真剣なユーウエィンとマーハウスを見て呟いた。ユーウエィンはにやりと笑ってマーハウスの頭を小突く。

「私は最初からランスロット卿に敬意を抱いておりましたが、こいつは違いますよ。騎士になりたての頃、ランスロット卿に十回も試合を挑んだのは騎士団の間では有名な話です。十戦十連敗」

ユーウエィンにからかわれて、マーハウスはうざったそうに手を払う。

「ランスロット卿の強さは、今は分かっているとも！」

マーハウスは仏頂面《ぶっちょうづら》で言う。

「念のために言っておきますが、俺が負ける相手はランスロット卿だけですよ！　こいつには五分で勝てる！」

マーハウスはユーウエィンに向かって声を張り上げる。かなりの負けず嫌いだ。

「こいつとはなんだ、お前は本当に目上の者に対する礼儀がなっとらん」

ユーウェインに頭をぽかりとやられ、マーハウスが舌を出す。

「たかが三年早く生まれたくらいで威張らないでいただきたい。俺が礼儀を尽くすのは俺より強い相手のみ。ああ、もちろんその中にはマーリン殿が入ってますのでご心配なく。樹里様はアーサー王の愛するお方なのでなおのこと」

マーハウスはマーリンと樹里に愛想よく笑って言う。ムッとしたユーウェインに蹴りを入れられ、小競り合いをする。この二人はとても仲が良い。

「それにしてもガルダ殿はどうしてしまったのですかね。人柄の良いお方だと思っていたのだが……」

マーハウスは以前のガルダを知っているので、未《いま》だ裏切り者となったのが信じられないようだ。それは樹里も同じだ。ランスロットからネックレスを奪ったガルダを目《ま》の当《あ》たりにしても、まだどこかでガルダを信じたい自分がいる。

暗い面持ちになっていると、神兵が出来たてのスープを配り始めた。風があって冷えるので温かい食事は心が和む。樹里はパンのかけらをクロに食べさせながら、空を見上げた。

一羽の白い鳥が円を描いている。

「ん……」

マーリンが立ち上がり、手を伸ばした。白い鳥はマーリンの手に降下する。マーリンは鳥の脚にくくりつけられた布をとり、開いた。マーリンの使う伝書鳥らしい。その顔がわずかに曇ったので、樹里たちも身構えた。

「北の部族の住む地域が豪雨に襲われて、村ごと流されたようです。死者が多数出て壊滅的な状況だと」

再び鳥を空に放つと、マーリンは岩場に腰を下ろして言った。

「王都はどうなのでしょう?」

ユーウエィンが眉根を寄せる。

「王都は強い雨が降ったようだが、問題ないそうです」

マーリンの言葉に皆がホッとする。北の部族がいる場所は王都と山一つ離れているので被害はなかったのだろう。

「北の部族って、ダヤンが言ってたやつ?」

樹里は気になってスープを飲みながら聞いた。この世界でも無論、異常気象は起こる。嵐がきたり地震が起きたりする。

「そうだ。この調子なら北の部族は心配する必要はないな。しばらく自分たちのことで手いっぱいだろう。あの老婆の占いはたいしたことなかったということだ」

マーリンは馬鹿にするような笑いを浮かべた。ダヤンに聞かれたら大変と振り返ったが、ダヤンは遠くで食事をしていた。サンがダヤンの世話をしている。

ダヤンの占いは杞憂《きゆう》だったのだろうか。心配事が一つ減って、樹里も安心して食事に専念した。

休憩を終えると、再び一行は街道を進んだ。ケルト族の者たちは鳥や獣を馬にぶら下げている。

日が暮れた頃、一行はラフラン領に入った。樹里は揺れる馬車の中、小窓から外を見て驚いた。

ラフラン領に入ったとたん、急激に気温が下がったのだ。それだけではない。つい先ほどまで雪が降っていたかのように地面に真っ白な雪が積もっている。ラフラン領はまだ冬らしい。

「なんだかおかしいな」

騎士たちのざわめきが聞こえてきて樹里はラフラン湖を眺めた。ラフラン湖には厚い氷が張っている。木々は葉がすっかり落ち、獣や鳥の姿は見当たらない。まるでこの一帯だけ春を忘れてしまったみたいだ。

しばらく街道を道なりに進むと、一行の動きが止まった。小窓からユーウエィンが顔を覗かせた。

「ラフラン領からの迎えが来たようです」

樹里は馬車の扉を開け、外に出た。向こうからラフラン領の旗印と松明《たいまつ》を持って、馬を駆ってくる者たちがいる。先頭を走っているのは、以前ラフラン領にいた時世話になったクーパーだった。ランスロットの古くからの友人で恰幅のいい男だ。皆、冬の装束だ。

「お待ちしておりました。ランスロット卿は不在ですが、我ら一同、心を尽くして神の子と騎士団、ケルト族の方をもてなしますので」

樹里の前で馬を止めると、クーパーが笑みを浮かべて下馬した。樹里はクーパーと手を取り、よろしくお願いしますと笑みを返した。迎えに来たのはランスロットの領民で、どの顔も見覚えがあった。

「あの、なんでまだ冬……？」

樹里は気になってクーパーに小声で尋ねた。クーパーの顔が曇り、肩を落とす。

「我らも困り果てています。ラフランにだけ春がこない。妖精王にいくら手紙を送っても、なしのつぶてです。ひょっとして妖精王に何かあったのではないかと心配しているのです」

クーパーに同調するようにランスロットの領民たちが困り果てた顔になる。

「そうでしたか、我らに何かできればよいのだが……今宵《こよい》は世話になります」

ユーウエィンとマーハウスもクーパーと挨拶を交わす。ついでユーウエィンはグリグロワをクーパーに紹介した。クーパーは初めて見るケルト族に少しびびっているようだ。

「城で食事と寝床を用意しております。さぁどうぞ」

クーパーが再び馬に跨《また》がり、樹里も馬車に戻った。ラフラン領に春がこないのは心配だが、今夜はベッドで眠れると思うと心から嬉しい。サンと微笑み合って樹里は道中何事もなかったことに感謝した。


城の前にはかがり火が焚かれ、領民と使用人が待っていた。樹里たちが到着すると、笑顔で荷《に》解《ほど》きや馬の手入れをしてくれる。ランスロットがいない間は、ランスロットの叔父のホリーが城を守っている。ホリーは四十代の温和な男で、生まれつき身体が弱く剣の腕はからきしだという。ラフラン領は妖精王の加護があるので、ホリーのような男でもランスロットの代理が務まるらしい。

「神の子、お久しぶりです」

使用人の間から顔を出したのはショーンだった。以前世話係をしてくれたもじゃもじゃ頭の人のよい青年だ。樹里はショーンにハグして再会を喜んだ。

「あれが噂のケルト族なのですね。なんだかおっかないなぁ」

ショーンはケルト族の若者を遠巻きに眺め、緊張した面持ちをする。樹里はすっかり慣れてしまったが、獣の皮を被っている彼らは初めて見ると畏怖を抱くようだ。領民たちが距離を持って接しているのも無理はない。

「グリグロワ、顔が見えないから皆怖がってるぞ」

樹里が声をかけると、グリグロワが気づいて頭の被り物を脱いだ。グリグロワに倣《なら》って他の者も次々と被り物を外す。領民たちは顔を見てようやくホッとしたのか、通訳を交えながら交流が始まった。グリグロワたちが持ってきた獲物を見て、領民たちがおお、と歓声を上げている。冬が長いせいで、狩りをしても獣が見つからないらしい。

「さぁ、中へどうぞ。神の子の部屋を整えております」

ショーンは笑顔で誘った。サンは荷物を抱えてクロと一緒に樹里についてくる。ショーンは「僕は樹里様の従者です」と胸を張るサンを微笑ましそうに見つめる。城は大勢の来客でにぎやかになっていた。メイドや使用人が忙しそうに走り回っている。樹里たちは以前使った客部屋に通された。ベッドとテーブル、壁には手織りの織物が飾られた部屋だ。暖炉《だんろ》にはすでに火が入っていて、部屋は暖かかった。バルコニーに出ると闇の中にラフラン湖がぼんやり浮かび上がっていた。

「ラフラン湖に氷が張ってたな。春がこない以外でラフランは変わりない？」

樹里は荷物を運び入れるショーンに尋ねた。ふっとショーンの顔が曇り、人目をはばかるような顔つきになる。何かあったのかと樹里が部屋に戻ると、悲しげな目で見つめられた。

「ランスロット様はいつお戻りになるのでしょう。この長い冬もランスロット様がお戻りにならないせいではないかと領民の間で噂になっています」

ショーンの切ない声に樹里は胸が痛んだ。樹里も心配だが、領民はもっとランスロットの身を案じている。大切な領主がいないのだ。心痛はいかばかりだろう。

「それもあって、妖精王に連絡をとりたいと思ってるんだ」

樹里は決意を秘めた眼差しでショーンを見返した。クロがのっそりと部屋に入ってきて、部屋の隅で毛づくろいを始める。サンは床に敷物を敷いて、床で寝るようだ。

「妖精王が答えてくれるとよいのですが……。我らが何度手紙を木にくくりつけても返事はありません。神の子なら届くと信じております」

ショーンは無理に笑顔を作って言った。妖精王が領民の疑問に答えないという事実に樹里は不安を募らせた。ここまできて妖精王に会えないとか、ありませんように。

「ところでさ、ランスロットの部屋は誰も使ってないよね？」

樹里はさりげなくショーンに聞いた。

「はい。それが何か？」

ショーンが首をかしげる。

「や、それならいいんだ。なんでもないよ」

ホッとしたのを悟られまいと樹里は背中を向けた。着ていたマントの紐《ひも》を解くと、ショーンが気づいたように一礼する。

「食事をお運びしますね。身体を拭《ふ》く湯も持ってまいります」

ショーンが部屋を出ていくと、樹里はかすかにため息をこぼした。この先いつラフラン領に来られるか分からない。ランスロットの部屋に隠しておいた銃を今のうちに取り戻しておきたかった。

前回ラフラン領を経つ前に、ランスロットに事情を明かし、銃を部屋に隠しておいてもらったのだ。無論銃の能力については明かしていない。剣で闘い合うこの世界に銃を持ち込んだら大変なことになるからだ。ずっと持っていればよかったのかもしれないが、暴発しそうで怖かったし、扱いにも不慣れだった。今回、その銃の処分もしなければと悩んでいた。

（どっかに埋めるとか……。掘り返されない場所がいいな。弾と銃身を別に埋めれば万が一にも間違いはないはず……）

銃について考えだすと気が重い。中島は厄介なものを持ち込んだものだ。

（待てよ、あれってモルガンには効くのか……？）

ふと浮かんだ疑問に胸が騒いだ。アーサーのエクスカリバーがあればモルガンを倒せると思うが、銃はどうだろうか？　モルガンの前では使ったことはないから、モルガンは銃の存在を知らないはずだ。

（うー。どうしよう。王都に持って帰るべきか……）

悩ましくて考えるのはやめることにした。ショーンが湯の張った盥《たらい》を運んできてくれたので、樹里は早速汚れた身体を拭いた。サンの身体も綺麗にして、最後はクロの肉球も綺麗にする。クロは許しを得たと思ったのか、我が物顔でベッドに飛び乗った。

食事を終えると樹里は旅の疲れを感じて伸びをした。

「疲れたから寝ようか」

蠟燭《ろうそく》の火を消し、クロと一緒にベッドに横たわる。クロに抱きついていると湯たんぽみたいで心地いい。早朝にユーウエィンやマーハウス、ケルト族たちは旅立ってしまうので、早めに起きなければ。夢うつつにそう考えながら、樹里はラフラン領の一日目を終わらせた。

女性の悲鳴が聞こえて、樹里は跳ね起きた。

見覚えのない部屋だったので一瞬戸惑ったが、昨夜ランスロットの城に着いたことを思い出した。樹里が目覚めたように横で寝ていたクロも耳をぴんと立たせている。床で寝ているサンは熟睡しているのか無邪気な寝顔だ。

悲鳴が気になって樹里は寝間着のままベッドから下りた。上掛けを羽織り、サンを起こさないようにそっと蠟燭に火をつける。蠟燭を手に部屋を出ると、クロもついてきた。廊下には誰もいない。まだ夜中なので真っ暗だ。廊下の角に芯の減った蠟燭が小さな明かりを灯しているが、城内は薄暗くてしんと静まり返っている。

気のせいだったのかと思いつつ、悲鳴が聞こえたほうに足を進めた。

ふと、ぼそぼそとしたしゃべり声が聞こえた。まさか賊かと身構えつつ角を曲がると、暗闇の中、メイド姿の女性が床にうずくまっていた。その脇でショーンは女性を宥《なだ》めるように背中を撫でている。

「どうした？」

樹里がおそるおそる声をかけると、二人が弾けたように飛び上がった。ショーンは樹里の顔を見て、溜めていた息を吐き出す。

「神の子ですか、脅《おど》かさないでください。いや、彼女の悲鳴で起きてしまったのですね。申し訳ありません」

ショーンは動揺しているらしく、視線が泳いでいる。うずくまっていたメイドの女性はおどおどしていて、よほど恐ろしいことが起きたのだと分かった。

「何かあったんだろ？　悲鳴を上げるなんて」

目の届く範囲には何も異変は見当たらないが、賊が逃げた可能性だってある。樹里は蠟燭を二人に近づけた。ショーンもメイドも困った面持ちで顔を見合わせている。

「……いずれ耳に届くことですね。お話ししましょう」

ふうとショーンがうなだれてメイドの肘を突いた。メイドは言いづらそうにうつむきながら、小声で打ち明けた。

「私、この先にあるランスロット様の部屋の掃除を終えて戻るところだったんです。こんな夜中になってしまって、嫌だなぁと思ったら……、そこの角から……し、白い影が……」

メイドは樹里の背後を指さし、青ざめる。

「白い影って……、まさか、幽霊とか言わないよな？」

思わず飛びのいて、樹里は顔を引《ひ》き攣《つ》らせた。賊か何かと思っていたのに、見当違いの答えが返ってきた。からかっているのだろうと二人を笑い飛ばしたかったのだが、ショーンもメイドも真剣そのものだ。

「実は一カ月ほど前から、城にランスロット様の亡霊が現れるようになったのです」

ショーンの衝撃的な発言に樹里はあんぐりと口を開けた。クロは不思議そうに首を傾けている。

「ちょっ、ま……っ、バッカ、ランスロットは死んでねーし！」

ランスロットの亡霊と聞かされては黙っていられず、樹里は引っくり返った声で怒鳴った。樹里の剣幕にショーンは身を引きつつ、悲しそうな目で見返した。

「私だってそう思っておりますが、ランスロット様の亡霊を見た者が何人もいるのです。甲冑《かっちゅう》姿《すがた》で城をうろつくランスロット様を、私も見ました。ランスロット様は呼び止める私の声が聞こえない様子で、苦しげな声を漏らして……やがて消えました」

樹里は背筋が寒くなって、身震いした。

知らなかった。この城でそんな騒ぎが持ち上がっていたとは。

「神の子、これはどういうことなのでしょう。ランスロット様は妖精王のもとにいると聞かされ、我々も帰りを静かに待っているのですが、ランスロット様に何かあったのではないかと心配で」

ショーンはすがるような眼差しで樹里に迫ってきた。自慢じゃないが幽霊話は苦手だ。これまで見たことはないし、見たくもない。けれどそれがランスロットの亡霊となると話は変わる。

——ひょっとして、妖精王にもランスロットを助けられなかったのではないか。

樹里は血の気が引いて、クロにもたれかかった。びっくりしたショーンとメイドが慌てて樹里を支える。

「ご、ごめ……。大丈夫」

ショックを受けて倒れかけた樹里は、ショーンの肩を借りて何とかバランスを保った。

もしかしたらランスロットは死んでいるのかもしれない。そう思ったとたん、足の踏ん張りが利《き》かなくなった。妖精王に任せておけば大丈夫だと高をくくっていた己が恥ずかしかった。そもそも剣を心臓に突き立てられたら人は死ぬ。もし、ランスロットがすでに死んでいて、心残りのせいで亡霊となって城をさまようようになっていたら……。樹里は罪悪感で目の前が真っ暗になった。

「神の子、お部屋へ。身重の身体だと聞いております。変な話をして申し訳ありません。もう休んでください」

ショーンは樹里を気遣うように肩を抱えて歩きだした。樹里は大人しく部屋に戻り、ベッドに横になった。ドアの開閉音で起きたサンは、寝《ね》ぼけ眼《まなこ》で樹里の世話をする。

思いもしなかった事態に頭がぐわんぐわんしている。明日、目覚めたらすぐにマーリンに相談しよう。重苦しい気持ちのまま、樹里は朝日が昇るのをひたすら待った。

寝るつもりはなかったがいつの間にかうとうとしていたのだろう。サンに揺すられて目覚めると、すでに部屋は明るくなっていた。

用意された朝食をかっこみ、身支度を整えると、樹里は急いでマーリンを探した。サンがついてこようとしたが、別の仕事を頼んで別れた。城内には旅を共にした騎士とケルト族の若者たちが旅の支度を始めている。マーリンにはラフラン領に着いたら、すぐ帰ってもいいと言ってしまった。ひょっとしてもう旅立っていたら、と思うと気が気ではない。

マーリンの姿はないかと聞きまくり、馬でラフラン湖へ向かったのを見かけたという情報を得た。樹里はクロに飛び乗り、急いでラフラン湖を目指す。ラフラン湖は城から一キロほど先にある。クロに乗り、必死にマーリンの姿を探していると、ラフラン湖の船着き場にマーリンを見つけた。マーリンはクーパーと一緒で、何か話し込んでいる様子だった。

「マーリン！　まだ帰らないでくれええ！」

樹里が大声で叫びながら手を伸ばすと、ぎょっとしたようにマーリンが振り返る。樹里はクロから飛び降り、マーリンのマントをはっしと摑む。

「誰が帰ると言った？　ラフラン湖の氷を融《と》かすことができないか相談されていただけだ」

呆れ顔で手を振り払われ、樹里は勘違いに赤くなった。よく考えれば王都に戻るならラフラン湖に寄る必要はない。

「あ、そ、そうなんだ……。実は重要な話があってさ。……えっと後で話していいかな」

明るい日の光を浴びると、ランスロットの亡霊が、とは言いだしにくくて、樹里はしどろもどろになった。奇異なものを見るような目つきで見られたが、マーリンは後で顔を出すと言ってラフラン湖の氷の上を歩いていった。

はぁーっと大きな息を吐くと、樹里はクロの首を撫でて、城に戻った。

城ではちょうど騎士とケルト族が出発するところだった。

「樹里様、我らこれからコンラッド川を目指します。下見と視察を終えたらまたこの地に戻ってまいりますので、そうしたら一緒に王都へ戻りましょう。予定では十日ほどかかるかと」

ユーウエィンは昨夜の騒ぎなど知らぬ顔で樹里に言う。ランスロットの亡霊が現れたのは一番上の階だったので、幸い騎士たちは下の階で寝泊まりしていたので気づかなかったようだ。

「うん、よろしく頼む」

樹里はユーウエィンやマーハウスと握手を交わし、旅の安全を願った。

「神の子」

騎士たちの後ろからグリグロワが顔を出す。グリグロワは穏やかな笑みを浮かべ、樹里の前に立つと優しくハグしてきた。

「機会があれば、いつでも我が村に来てくれ。我らは神の子への恩を忘れない」

樹里はこちらこそと、グリグロワを抱きしめ返した。すっかり馴染《なじ》んだ彼らと次にいつ会えるか分からないが、それは遠くない出来事だと予感していた。補給地ができて、モルガンと闘う日がきたら——。

樹里はケルト族の若者たちと順番に抱き合った。最後にダヤンの顔を見て、ふいに頭を過《よ》ぎった言葉があった。

『お前は亡霊を見る』

宴《うたげ》の夜、ダヤンは確かにそう言った。もしかすると、その亡霊とはランスロットのことなのではないか⁉

「どうした、神の子」

顔を強張らせた樹里に、ダヤンがひっひっひと不気味な笑い声を上げる。この老婆はやはり只《ただ》者《もの》ではない。あの夜の予言は無視すべきではないのではないか？

「いや、なんでも……」

公衆の面前で話すことは憚《はばか》られる内容だったので、樹里は緊張した面持ちでダヤンと軽く抱き合って離れた。

樹里は神兵たちと、旅立つ騎士とケルト族を見送った。騎士たちにランスロットの亡霊のことを知られなくてよかった。彼らが戻ってくるまでに、この件が片づいているといいが……。不安を押し殺し、樹里は部屋でマーリンを待つことにした。

マーリンが樹里の部屋を訪れたのは昼食の後だ。

「一体何の用だ」

ドアを開けるなりそう言われ、樹里はサンに部屋から出ていってもらい、マーリンと額を突き合わせた。

「マーリン、どうしよう。ランスロットが死んじゃったかもしれない」

悲痛な顔で訴える樹里に、マーリンの表情が険しくなる。樹里は昨夜の亡霊騒ぎを語った。ランスロットの亡霊が城をうろつくという話に、さすがのマーリンも言葉を失っている。実は妖精王はランスロットを助けられなかったのではないかと樹里がうなだれると、どっかりと椅子に腰を下ろし、宙を見据える。

「もしランスロット卿が死んだのなら、モルガンを倒せなくなるかもしれないな」

冷淡に呟かれ、樹里はテーブルをバンと叩いた。

「どうしよう⁉ やっぱりランスロットを妖精の剣で刺すなんてしちゃまずかったんじゃないか⁉ 俺のせいだ、俺のせいでランスロットが……っ」

樹里は爆発しそうな感情を懸命に抑えようと頭を抱えた。ランスロットの死が明らかになったら、どれほどの人が嘆き悲しむだろう。樹里だって同じ気持ちだ。過ごした時間は短くても、ジュリに陥《おとしい》れられた時ランスロットだけが助けてくれたことは今でも忘れていない。樹里にとっては大事な人なのだ。信頼と愛情を持っている。

「落ち着け。そもそもここに来たのは妖精王に会うためなのだろう？　妖精王から仔細《しさい》を聞かなければ始まらん」

マーリンはあくまで冷静だ。ランスロットと仲がよくなかったし、ランスロットが死んでも大したダメージはないのかもしれない。そう勘ぐったが、マーリンの指先が苛立たしげにテーブルを叩いているのを見て、マーリンもそれなりにショックを受けているのを知った。

「それに、ダヤンの占い？　って言っていいのか分かんないけど、あれ、当たってるよ。ダヤンは俺に亡霊を見るって言ってただろ？　それってランスロットのことだと思う」

樹里は気になっていたもう一つのことも告げた。マーリンはわずかに目を見開き、考え込むように腕を組む。

「アーサー王は身内に殺される、とか言ってたな……。お前の言う通りならモルドレッド王子に注意を払わねばならない。今でも監視の手は弛《ゆる》めていないが……ふむ」

マーリンは面倒そうにがりがりと頭を掻いた。そして、すっくと立ち上がる。

「なんとしても妖精王に会わねばならない。今から森へ封書を届けに行こう」

マーリンの毅然とした態度に樹里はうつむいていた顔を上げた。

城からラフラン湖へ向かうと、湖の横に大きな森が広がっている。樹木が鬱蒼《うっそう》と生い茂った不気味な森で、ここに根を張る大木はまっすぐなものは一つもなく、どれも枝が奇妙な方向に曲がり、太い根を露出させている。周囲の木々と枝が絡まり合っているせいで、どれほど進んでも風景が似通っているため、一人で来たら迷子になりそうだ。ここは周囲に比べて雪はあまり残っていない。それでもまだ春の訪れは遠く、寒々しい景色だ。

ここは妖精王の棲《す》む森だ。聞いた話ではこの地を治めていた領主が妖精王の怒りに触れ、このような人を拒む樹海めいた森になったという。

樹里はマーリンと連れ立って森に来た。妖精王に渡す封書はあらかじめ用意してある。王都を出る前にサンに手直しされながら作成した。ランスロットがどうなっているか教えてほしいということ、子どもをどうやって産むのか教えてほしいということ、母を助けたいと思っていることについてしたためた。

「どれが一番大きな木なのか……」

マーリンは馬上から森を眺めて言った。妖精王に言伝《ことづて》がある場合、森の一番大きな木に封書をくくりつけるそうだ。樹里はクロに跨ったまま、周囲をぐるりと見まわした。

「見たところ、あそこに突き出てる木があるけど」

空を見上げると、奥のほうにひときわ高い樹木が見える。樹里はマーリンと共にその樹木を目指した。近いように見えて案外遠く、五分ほど馬を走らせ、ようやく辿り着いた。

「あ、ほら。あれポストじゃね？　妖怪ポストならぬ妖精ポストだな」

樹里は樹木の真ん中辺りの太い枝に箱を見つけて指さした。妖怪ポストというのがマーリンに通じず、怪訝《けげん》な目で見られた。

「よし、入れてこい」

マーリンに顎《あご》をしゃくられ、樹里は「えっ」と身を引いた。てっきりマーリンがやってくれると思ったのに、自分が木登りする羽目になるとは。

マーリン相手に押し問答をしても仕方ないので、樹里は木に登った。ぐねぐねしているので登りやすいが、筋力が落ちているのでひぃはぁ言いながら必死に登った。下でクロが鼻鳴きしている。よほど樹里が心配だったのだろう。

どうにか箱のところまで登り、腰紐《こしひも》に挟んでいた封書を中に入れた。あとは下りるだけ、と思ったが、登りより下りのほうが不安定で、最後は滑るように地面に落ちた。

「貴様、気をつけろ。腹の子に何かあったらどうする」

マーリンにじろりと睨まれ、樹里は腹が立って足元の草を投げつけた。

「だったらてめーがやれよ！」

「手紙を送りたいのは貴様だろうが」

マーリンと不毛な言い合いをしていると、鳥の甲高い鳴き声が響いた。振り返ると、妖精ポストのところに尾の長い鳥が留まっている。鳥はまるで覗き込むように箱の中を見て、羽ばたいていった。

「本当にちゃんと届くのかな」

樹里が不安そうに呟くと、マーリンは馬を繋ぎ、近くの太い木の前で腰を下ろした。マーリンは巾着袋を取り出し、そこから網目状になった糸を取り出す。

「何してんの？」

封書を届けたのでもう帰るものだと思っていたが、マーリンは何やら作業を始める。樹里とクロがマーリンの手元を覗き込むと、落ちていたしなる枝を輪っかにして、網を張っている。

「妖精王の伝達係を捕まえる」

マーリンにこともなげに言われ、樹里はびっくりして目を剝いた。

「そ、そんな神をも恐れぬ所業……」

妖精王に封書を届ける役目を誰が担っているか知らないが、マーリンが作っているのは明らかに罠っぽい。そんな真似をしていいのだろうか。

「悠長に待っているほど暇ではない」

マーリンはそう言うと、作った罠を持って自ら樹木を登り始めた。樹里よりよほど身軽で、サクサクと登っている。マーリンは妖精ポストの箱に仕掛けを張ると、するすると下りてきた。

「ここにいると出てこないかもしれない。先ほどの鳥が伝達係に手紙があることを知らせるとしたら、隠れていたほうがいいだろう」

マーリンはそう言うと、馬を連れて大木から離れた。

樹里たちは近くの茂みに身を潜め、妖精ポストを見張った。いつ来るか分からないので、待っているほうも根気がいる。隠れているのでマーリンとおしゃべりするわけにもいかないし、じーっと見ていると空は白く、寒さに手がかじかむ。

三十分くらいしただろうか。クロにもたれてこっくりこっくりしていると、風もないのに葉がばさばさと揺れる音がした。ハッとして目覚めると、妖精ポストの辺りで小さな生き物がバタついている。

「捕まえたか！」

マーリンと茂みを飛び出し、大木に駆け寄った。マーリンは器用に樹木を登っていくと、罠の中に手を入れ、何かを掴んで下りてきた。

『ひいい、ひいい、食われる、助けてくれええ』

マーリンの手の中で暴れているのは、妖精だった。羽を押さえつけられ、ひたすら叫んでいる。妖精といっても顔は老人で、着ているものもみすぼらしい。ラフラン領にいた時は湖面を跳ね回る妖精をよく見ていたが、それらは光の粒みたいだった。今はマーリンの手に捕らえられて光を放っていない。

「あのさ、食わないから安心してくれよ。つうか妖精って美味いの？　どう見ても不味そうだけど」

妖精の言葉が分かる樹里は、誤解を解こうと話しかけた。マーリンは妖精の言葉は分からないらしく、樹里の台詞《せりふ》から妖精の発言を察したようだ。

「妖精、少し聞きたいことがある」

マーリンは妖精に顔を近づけた。

『ぎゃああ、おそろしや、おそろしや。やっぱり食おうとしてるんだ、わしはもう駄目だ……』

妖精はマーリンの口が近づいたので、今にも気を失いそうだ。樹里がマーリンにアドバイスすると、軽く舌打ちして妖精から顔を離した。

「妖精王はどこで何をしているのか聞け。領民が何度も封書を送っているはずだ。その返答は何故ない？」

マーリンは樹里を睨みつけて言う。樹里が低姿勢で妖精に尋ねると、おどおどしながら樹里を見る。

『妖精王は力を使ったので眠っている。長い眠りなので皆心配している。妖精王が目覚めないと春がこないのだ。わしは妖精王に手紙を届ける役目をもう二百年もやっているが、こんなことは初めてだ』

樹里はどきりとしてマーリンを仰いだ。

「妖精王は力を使って寝てるって。ランスロットのために力を使ったせいかな……」

妖精王はすごい力を持っていると思い込んでいたが、瀕死《ひんし》のランスロットを助けるのは簡単なことではなかったのかもしれない。その結果、ランスロットが死んでしまったとしたら……。樹里は青ざめて妖精を見つめた。

「妖精王はどこにいる。その場所まで案内しろ」

マーリンはしんみりした空気を蹴散らし、妖精に迫った。再び顔が近づいて、妖精が震える。

「妖精王ってどこにいるの？　案内してほしいんだけど」

マーリンに怯《おび》える妖精に樹里が懇願すると、突然妖精が馬鹿にした笑いを浮かべる。

『妖精王のいるところへ人間は行けない。行けるわけがないだろう。愚か者め』

妖精王が存在する場所は聖域中の聖域で、人が踏み入ることができる場所ではないそうだ。どうにかならないかと頼んでみたが、肉体のあるものは辿り着けない場所だと言われた。会えないと分かり、かなりがっかりした。これ以上話していても埒《らち》が明かず、目覚めたらいの一番で手紙を読んでもらえるよう取り計らってくれと頼んでおいた。

マーリンが手を広げると、妖精は金色の光を放って飛んでいく。妖精が金色の粒に見えるのは羽が動くと金色の光を放つからだ。妖精は手紙を抱えて空高く消えていった。

妖精王は果たして目覚めてくれるのだろうか？　ランスロットの亡霊は何を意味するのだろうか？　結局疑問は何も解決されないまま、樹里たちは気落ちして城に戻った。


ラフラン領での暮らしは比較的穏やかなものだったが、心配事が多すぎて気分は晴れなかった。ランスロットも心配だが、王都にいるアーサーも気になった。離れてみると、やっぱり仲直りしてから来るべきだったと後悔した。会えない時間が長くなってきて、妙にこころもとないというか、寂しくなってきたのだ。

（アーサーに相談できたら、少しは気分も上向くのになぁ）

アーサーは時々横暴だが、王様としては公平だし常に自信を持っていて、些細なことに右往左往する樹里にとっては頼りになる。アーサーと喧嘩みたいに別れたことが気になり始めて、暇な時間に思い余って手紙を書いてみた。王都に行く用事のある者に手紙を託し、次に会った時はアーサーと仲直りしようと決めた。

城の人は皆馴染みがあって優しいし、一緒に来た神兵も城の手伝いや訓練をして日々を過ごしている。樹里はやることがなかったので、へっぴり腰でラフラン湖の氷の上を渡り、浮島の聖域へ行って神具や武具の整理などを行った。ランスロットが破壊した後初めて聖域へ入ったが、壁や扉はクーパーが修復してくれたようで綺麗になっていた。マーリンは氷を融かすのは簡単だが、無理に魔術を使って妖精王の機嫌を損ねたくないと言ってラフラン湖の氷をそのままにしている。

妖精王からの返事はなく、樹里はじれったい思いを抱いていた。ユーウェインたちが戻ってくるまでの十日の間に妖精王と会えなかったら無駄足になる。その場合はマーリンに残ってもらうことになったので、マーリンと会うたび妖精王はまだかという話になった。

ラフラン領に来て五日目が過ぎた朝、樹里はこのままでは駄目だという焦燥感に駆られた。ラフラン領は好きだが、静養に来たわけではない。どうにかして妖精王と会わねばならないが、その手立てがない。だとすれば、何をすべきか——。

「ショーン、ランスロットの亡霊に会いたいんだけど、どこらへんが一番出る？」

ショーンが朝食を運んできた際、樹里は思い詰めた表情で尋ねた。横で聞いていたサンがびっくりして目を丸くしている。

「お会いになりたいって……、本気ですか？」

ショーンはたじろぐ。亡霊に会いたいと言っているのだから当たり前だろう。だがこれ以外思いつかなかったのだ。妖精王が深い眠りに入っている今、目の前にある変事を確かめるのが一番だ。もしかしたらランスロットの亡霊が何か言ってくれるかもしれない。

「本気。やっぱ真夜中かな？」

亡霊といえば夜に出るもの。夜中の城でランスロットの亡霊を張り込む覚悟はできた。サンは亡霊の話を知らなかったのでひたすら慄《おのの》いている。

「そうですね、皆が寝静まった頃が一番多いです。場所は……ランスロット様の部屋か、訓練場、三階の廊下です」

ランスロットの亡霊が現れる場所は、本物のランスロットがよく使っていた場所が多いようだ。早速マーリンの部屋へ行って、亡霊とコンタクトをとる手段がないか尋ねてみた。現状に進展がない以上、ランスロットの亡霊が何か知らないかと考えたのだ。

「亡霊を呼び出すのは祈禱《きとう》師の仕事だろう。亡霊と話す魔術など存在しない。だが張り込むというならつきあおう。私も興味がある」

意外にもマーリンの協力を得られたので、その夜からランスロットの亡霊を待ち構えることにした。

城の使用人すら寝入った頃、樹里とマーリンはランスロットの部屋にいた。サンには怖いから嫌だと断られた。仕方ないので万一の時に備え、クロを入り口付近に配置した。ランスロットの部屋は二間に分かれているが、寝台の置かれた部屋の窓に何度かランスロットの亡霊が出たそうだ。樹里とマーリンは応接セットのある部屋の扉の陰に身を潜めた。

「主のいない部屋に勝手に入るのは無礼に当たるが……」

マーリンは居心地悪そうだ。明かりは手元の蠟燭だけという状況で、部屋は薄暗い。寒さをしのぐために厚着をしてきたが、寒さよりも眠気にやられそうだ。ラフラン領に入ってから毎日眠くて仕方ない。

張り込みが数時間過ぎた頃、樹里はふと思い出して寝室の壁を見た。ランスロットに預けた銃は壁の仕掛け扉に隠されている。どこかのレンガを押すと、中に空洞が現れるというものだ。今のうちにとっておこうかと考えたが、マーリンに銃の存在を知られたくない気持ちがあった。マーリンとはだいぶ打ち解けてきたが、それでも油断ならない人物だ。この先一生仲間でいられるか分からないので、銃のことは知られたくない。

「現れないな」

ランスロットの部屋をじっと見つめ、マーリンが呟く。

「現れないね……。今日は空振りかなぁ」

樹里は白い息を吐いて答えた。

「マーリン、亡霊になっても会いたい人っている？」

黙って一点ばかり見ていると眠くなる。手持ち無沙汰でつい質問してみた。マーリンの返答には期待していなかったのだが、ややあって意外な返答があった。

「……父には会ってみたい」

樹里は目を丸くしてマーリンを見た。マーリンに会いたい人がいるとは思わなかった。だが父親と聞いて少し納得した。樹里が幼い時分に父は亡くなった。優しくていつもにこにこしている人だった。自分の傍にいた間、マーリンは父と離れていたことになる。少し申し訳ない気持ちが湧いてきて、樹里はしゅんとした。

「あのさぁ……」

マーリンに話しかけた瞬間だ。窓の前に、白い影が浮かび上がった。びっくりしてマーリンの袖を掴むと、窓を指さす。

「あれが……」

マーリンも驚愕《きょうがく》したように窓に目を凝《こ》らす。

白い影は徐々にはっきりと形を表してきた。マントが見え、甲冑が浮かび上がり、肩につくほどの黒髪の男性が見えてくる。背筋を冷たいものが過ぎる。

「マ、マジで……、やべぇ……、ランスロット……だ」

暗闇にぼうっと浮かんだのは紛れもなくランスロットの亡霊だった。物憂げに窓から外を見ている。しばらく固まったままそれを眺めていた樹里たちは、目配せしてそろそろと近づいた。

「おい」

マーリンが尖《とが》った声でランスロットの背中に声をかける。するとランスロットがびくっと振り返り、一瞬のうちに消え去った。

「き、消えた!?」

樹里は仰天して窓に駆け寄った。もうそこには何もない。ランスロットの影もない。

「せっかく会えたのに！　おい、とか言うから！　もっと優しく話しかけろよぉ!!」

がっかりしたあまり、マーリンに怒りが湧いた。マーリンが声をかけなければ、消えなかったはずだ。樹里の怒鳴り声を聞きつけて、クロが扉の隙間から顔を出してくる。

「じゃあなんと言えばよかったのだ」

マーリンは不服げなものの、自分のミスという自覚はあるのだろう。やれやれと肩をすくめ、ドアに向かう。

「今夜はもう無理だろう。明日またやり直しだ」

そう言うなりさっさと出ていった。樹里はまだ怒り足りなかったので腹の虫が治まらず地団駄を踏んだ。それにしても亡霊を初めて見た。何だかぞうっとするような、寂しい気分になるような、変な感覚だ。

ランスロットは本当に死んでしまったのだろうか。

気分が沈んできて、樹里はクロと重い足取りで部屋に戻った。


翌朝目覚めると、サンが目をきらきらさせて樹里の顔を覗き込んでいた。昨夜の亡霊の件を聞きたいのだろうと思ったが、サンは紅潮した頬で一枚の羊皮紙を差し出してきた。一輪の花が添えられている。

「今朝、窓のところにこれが。妖精王からの返事じゃないですか⁉　だってこんな高い場所に来られる人なんていないでしょう⁉」

サンの上擦った声ではっきり覚醒した。ベッドの上に正座して、羊皮紙を凝視する。そこには見慣れぬ文字で何かが書かれている。サンに読んでもらおうとしたが、サンにも分からない言葉だという。見た目は象形文字みたいだ。

「どうやって読めばいいんだ？」

焦って羊皮紙の文字を指でなぞると、不思議な現象が起きた。羊皮紙に書かれていた文字がすうっと浮き上がり、宙に舞ったのだ。同時にどこからか声がした。

『昼時、森にて』

声は二重に聞こえる奇妙なもので、それを聞いた瞬間、妖精王からの返事だと確信した。やっと妖精王の返事がきたと、樹里は飛び上がって喜んだ。サンとクロも喜びを分かち合ってくれる。早速マーリンに報告し、廊下で会ったショーンにも話した。ショーンは妖精王と会うなら貢物を用意すると言ってどこかへ消えた。

ユーウェインたちが戻るまでまだ四日ある。どうにか間に合いそうだとホッとし、支度を始めた。いつもぼろぼろの格好の時に限って妖精王と会う。ピンチに陥《おちい》った時に助けてもらっていたから当たり前といえば当たり前だが、たまにはまともな格好をして会いたい。準備しておいた正装に着替え、クロにも金糸の刺繍《ししゅう》が入ったスカーフを首につけた。サンは妖精王に初めて会うのでかなりテンパっている。

出かける頃に、ショーンが籠《かご》いっぱいの果物や野菜を運んできた。これを妖精王に渡してくれという。ショーンだけでなく、城の者は皆、神の子が妖精王に目通りが叶ったと大喜びだ。たくさんの人がついてきたがったが、話す内容が内容なので、マーリンとサンとクロの三人と一匹で行くことに決めた。

ようやく妖精王と会える。溜まっていた鬱憤《うっぷん》がすべて消えていくようで、樹里は足取りも軽く、森へと進んだ。

森に入ると、明らかに前回と様子が違った。張り詰めていた空気が緩和され、そこかしこに緑が芽吹いている。妖精王が目覚めて春が訪れたのだろう。この調子ならラフラン湖の氷も融け始めているに違いない。

樹里たちは貢物を載せた馬を引いて、森で一番大きな木までやってきた。クロは馬を怖がらせないように少し離れてついてくる。

「妖精王か……。遠目に見たことはあるが、会話をするのは初めてだ」

馬を手近の木に繋ぎ、マーリンがわずかに緊張した面持ちで呟いた。

「あれっ、そーなんだ⁉　なんで口数少ないんだろと思ってたけど、まさか緊張してんのか？　サンと一緒じゃん」

妖精王とは何度か会っているのもあって、ついマーリンに余裕を見せてしまった。自分だって妖精王と会うたび緊張しているくせに。珍しくマーリンが緊張しているので、からかいたくなったのだ。

「お前は私をいらつかせる名人だな」

案の定マーリンに不気味な笑みを向けられ、報復を恐れて急いで離れる。サンは城を出てからずっとそわそわと落ち着かない。

「妖精王の光で目が潰れるって噂は本当でしょうか？　ああードキドキするぅ。樹里様、僕、どこか変なとこありません？　顔に汚れはないですか？」

サンは相変わらずどこから仕入れたか知らない情報に踊らされている。寝癖もないし大丈夫だと樹里が太鼓判を押すと、深呼吸をしたり周囲をきょろきょろ見たりと忙しい。

サンをからかっているうちに、ふっと遠くから光が差すのが見えた。驚いて森の奥を見ると、真っ白に輝く白い馬が妖精王を乗せて駆けてくる。妖精王の前に立ちふさがっていた木々の枝が、次々と枝を曲げて道を作る。まるでモーゼの十戒だ。呆気にとられていると眩しい光とともに妖精王が目の前で手綱を引いた。妖精王を乗せているのは馬ではなく額に角が生えた一角獣だ。

「はわわわわ……」

サンは妖精王の神々しさに畏《おそ》れを抱いたのか後ろでガクガク震えている。

「妖精王、いらしてくださり感謝します」

樹里は一歩進んで妖精王の前に跪《ひざまず》いた。妖精王は樹里とマーリン、サンとクロ、馬に載った貢物を見下ろし、軽く頷いた。長い髪には荊《いばら》の冠、尖った耳、聡明な光を宿した碧色《みどりいろ》の瞳、白く整った面にはどんな表情も浮かんでいない。妖精王は金色に輝くマントをなびかせて一角獣から降りた。

樹里は目を瞠《みは》った。妖精王が踏んだ地面からいっせいに花が咲き乱れていったのだ。妖精王の祝福を受けた大地が、その足が進むたびに花や新芽がほころぶ。

「ランスロットだが」

樹里が質問する前に妖精王は口を開いた。思わず身を乗り出して妖精王の薄い唇を凝視する。妖精王の声は二重にも三重にも聞こえてくる。

「肉体は修復できたが、魂がどこかへ消えてしまった。見つけたら、肉体に戻るよう伝えてくれ。魂が戻れば復活するはずだ」

妖精王の発言に樹里はマーリンと顔を見合わせた。ということは、ランスロットは死んでいない……。つまり城に現れた亡霊は肉体から飛び出たランスロットの魂なのだろうか？

「あ、あの、城にランスロットの亡霊が現れるんですけど、それがそうなんでしょうか⁉」

樹里が意気込んで言うと、妖精王の眉がわずかに下がった。

「……そうか、どうりで見つけられぬはず。頼んだぞ、神の子」

気のせいか妖精王はランスロットが亡霊となっていることに嫌悪を感じるようだった。何故だろうと疑問を持つより先に、妖精王が立ち去ろうとしたので、慌てて手を伸ばした。

「ま、待ってください！　俺の中に子どもがいるって言ったけど、どーやって産むか教えて！　いや、教えてください！」

妖精王のマントを掴んで叫ぶと、不思議そうな顔で振り向かれた。

「手紙に長々と書いてあったが……心配なら、時がきたら使いを送ろう」

妖精王はそう言うなり、ひらりと一角獣に乗る。今にも帰りそうな妖精王に、サンが勇気を振り絞って貢物の載った馬を差し出す。

「こここ、これ、これは」

噛みまくりのサンに妖精王は手をかざす。たくさんの野菜や果物に光の粉が降ってきた。サンがびっくりして飛びのく。

「それは森のものに分け与えるとよい」

妖精王は一角獣の向きを変え、それまで無言でいたマーリンに視線を落とした。

「魔女モルガンは悪ではない」

妖精王から放たれた言葉に、マーリンが身じろぐ。マーリンの身体が強張ったのを樹里は見逃さなかった。

「私は妖精王としてこの世の均衡を崩すものを止めなければならない。魔女モルガンは悪ではない。お前は魔女モルガンを救う、と生まれる前に女神と契約してモルガンの腹に宿った。その契約を忘れるな。魔女モルガンが邪悪な存在になったのは、魂が分かれたせいなのだから」

マーリンが顔を歪めて妖精王を仰ぎ見た。

「何故私にそのようなことを……っ、そんな契約は知らない、私はアーサー王を守るために、モルガンを……」

マーリンの声がわななき、明らかに動揺している。妖精王は眉一つ動かさず、静かにマーリンを見つめた。

「私はこの世の均衡を取り戻したいだけだ。お前ならできると信じている」

そう言って妖精王は背中を向けた。待って、と言った時にはもうはるか彼方《かなた》に光は移動していた。辺りを照らしていた異様な明るさは消え、穏やかな日差しが降り注いでいる。サンが腰を抜かしたようにぺたりと座り込む。

「ふわあああぁ……。すごかったです、ね……」

サンは妖精王のすさまじいオーラにやられたようで、ぽーっとなっている。

一方、マーリンは強張った表情で微動だにしなかった。妖精王に言われたことがショックだったのだろう。樹里だって驚いた。妖精王にはマーリンがモルガンの子どもだというのはお見通しなのだろうと思っていたが、生まれる前のことまで言いだすとは予想外だった。妖精王はマーリンにモルガンを救わせたいのか。自分とジュリが一つになったように、モルガンの分かれた魂も一つに戻せというのか——もしかして母が救われる可能性もあるのではないかと樹里は心が湧きたった。妖精王がマーリンに向けた言葉は、樹里が母を救いたいと言った返事かもしれないと思ったのだ。

ランスロットの事情も分かった。自分の腹の子に関しても、妖精王が手助けしてくれそうだ。樹里は重荷がとれ、沈んでいた心に明るさを取り戻した。

妖精王が貢物は森のものに分け与えろと言ったので、樹里たちは馬に載せていた貢物を地面にばらまいた。きっとこうすれば小動物たちが取りに来るだろう。

城に戻り妖精王と会えた話を皆に聞かせた。誰もが妖精王の目覚めを喜び、春が訪れたと安堵している。実際、ラフラン湖の氷はあっという間に融けたそうだ。

サンは腰を抜かしていたくせに、誰よりも雄弁に妖精王について語っている。

もちろん何もかも片づいたわけではない。樹里の子どもの件はひとまずおいて、問題はランスロットだ。ランスロットの亡霊を説得して肉体に戻るよう告げなければならない。いや、亡霊というより、幽体離脱なのかも。その辺のことはよく分からないが、妖精王に頼まれたことはやり遂げなければ。そう思ってその日の夜、再びマーリンとランスロットの亡霊を待ち構えようとしたのだが、肝心のマーリンが部屋にこもって出てきてくれなくなった。

妖精王の話にかなり衝撃を受けていたから仕方ないかもしれない。しょうがないので、その夜はサンと一緒にランスロットの部屋で張り込んだ。

「ああ、妖精王、素敵だったなぁ……」

サンは未だにぽーっとしていて、同じ話題をずっと繰り返している。寝そべっているクロの首に顔を埋め、妖精王に会った時の感動を思い出しているのだ。いいかげんこっちの世界に戻ってこいと思うが、何を言っても聞こえていない様子で生半可な返事しかしない。

「出ないなぁ……」

樹里は隣室から窓に目を凝らし、いらいらと呟いた。張り込みを続けて数時間経つが、一向にランスロットの亡霊は現れない。前回はこの時間には現れたはずなのに。

「寒くなってきましたね。今夜は無理じゃないですか？　僕もう眠いです」

サンは張り込みに飽きたようであくびをしている。最初は亡霊と聞いて怖がっていたくせに、妖精王から頼まれたとたん怖さが消えたらしい。もう少しねばろうと三十分ほどがんばってみたが、ランスロットの亡霊は出てこなかった。

仕方なくその日は部屋に戻り、サンと睡眠を貪った。

翌日、ショーンが思いがけないことを言い出した。

「ランスロット様の亡霊がラフラン湖にいたらしいです。夜中歩いていた領民が、ランスロット様が湖のほとりをふらふら歩いているのを見たとか」

部屋に出てこないと思ったら、ラフラン湖をさまよっていたらしい。樹里は困り果ててマーリンの部屋に押しかけた。

「マーリン、ランスロットがラフラン湖で目撃された！　今夜はつきあってくれよ⁉　サンは子どもだからすぐ眠くなっちまうんだよ！」

ドアを開けるなりそうまくしたてると、マーリンが不機嫌そうに振り向いた。マーリンの部屋はひどく寒かった。それもそのはず、窓が全開なのだ。外気が部屋に入り込み、ぶるりと身をすくめる。いくら春がきたとはいえ、まだ寒い。けれど当のマーリンは窓枠に肘をつき、平然としている。

「この寒いのに、なんで窓を開けっ放しなんだ?」

樹里が震えながら部屋に入ると、ちょうど空に鳥が見えた。一羽の白い鳥が優雅に羽ばたいてマーリンの部屋めがけて下りてくる。マーリンは腕を伸ばし、白い鳥を留めた。マーリンは鳥の脚にくくられた紙を広げ、目を通す。

「お前があの老婆が正しいと言うから、念のため情報を集めているのだ。……やはり北の部族は重要視する必要はない。例の災害でほとんどの村は壊滅的、死者は数千にも及ぶとある。この状況で王都に攻め込むとは思えない」

マーリンは新たに手に入れた情報を明かし、ふうと首を鳴らした。

「今のところ的中率三割ってとこか? そっちはいいからランスロットのこと考えてくれよ。妖精王の言葉がショックだったのは分かってるけどさ」

樹里は飛び去った鳥を見送り、部屋の窓を閉める。一言余計だったのだろう。マーリンにすごい顔で睨まれた。

「お前に私の気持ちは分かるはずがない。魔女モルガンを悪ではないと言ったのだぞ。私にとって生まれた時から母は悪だった。善良な部分をすべてお前のほうの母に分けてしまったからだ。

その母を救う？　ありえない、妖精王はどうかしている」

　苛立たしげにマーリンは部屋を横切り、水差しからグラスに水を注ぐ。樹里から見たマーリンは怒っているというより困惑しているようだった。妖精王に言われたことにそんなに動揺するとは思わなかったが、マーリンにとっては存在意義を覆《くつがえ》されるくらい大変なことらしい。

「どうしてイライラしてんだよ。自分の母親を救えるかもしれないってことだろ？　妖精王は信じてるって言った。ってことはマーリンならできるって……」

「お前は魔女モルガンを知らない‼」

　怒りのあまり、マーリンは持っていたグラスをテーブルに叩きつけた。水が飛び散り、グラスが粉々になった。激高したマーリンに樹里はたじろいだ。マーリンは己が理性を失ったことを恥じるように唇を噛んだ。

「……母に少しでも情というものがあればと、子どもの時から何度も思った。そのたびにモルガンは私の前で心が凍りつくような残虐さを見せつけた。もう期待はしない、この人はこういう生き物なのだと諦め、どうにか自分の心を抑えてきたのだ。魔女モルガンは悪だ。邪悪なものだ。そこにはひとかけらも人間らしさは残っていない。大体お前は知っているのか？　父を……ネイマーを殺したのはモルガンだということを」

　マーリンは樹里を見据えて低い声で言った。樹里は夢で見た映像を思い出し、ハッとした。やはりあれは本当に起きた出来事――樹里は目を伏せた。

「夢で見た……」

樹里の返答に驚き、マーリンは落ち着きを取り戻すように長椅子に腰を下ろした。

「それならモルガンの邪悪さは知っているはずだ。モルガンに尽くしたネイマーでさえ殺された。モルガンに必要なのは命令に従う手下だけだ。モルガンはこの国の悪だ。あれを殺さない限り、アーサー王に未来はない。樹里、私はアーサー王を生かし、魔女モルガンを殺したいと願っている。それは間違っているか？」

マーリンはよどみなく言った。樹里は間違っているとは言えなかった。樹里だってアーサーには生きていてほしいし、魔女モルガンを倒したいと願っている。けれどもし——この国の呪いが解けて、魔女モルガンも救える可能性があるなら……それは、それこそが母とモルガンが一つの魂に戻る方法なのではないだろうか？

「マーリン、妖精王が言っているのは俺の母さんと……」

「魂を戻す話ならやめろ」

マーリンは樹里の言葉を遮った。

「そんなことは不可能だ。お前とジュリが上手くいったのは、おそらくお前が神の子として身ごもっているからだ。お前の母親に王家の子どもが身ごもれると思うか？　ありえないだろう。それに魂を一つに戻す魔術など私には使えない。あれは魔女モルガンが生みだした禁術。たとえその呪文を知っていても、私には使えないだろう」

きっぱりとマーリンに言われ、樹里はしゅんとした。

だがマーリンの言う通りだ。自分がアーサーの子を身ごもっていなかったら、ジュリを殺すことはできなかった。そもそも母はもう子どもをつくれない。十年くらい前に病気をして子どもが産めない身体になったと言っていた。たとえつくれたとしても、残っている王家の血筋はモルドレッドだけだ。二人が恋仲になるのは無理がありすぎる。

「夜になったらラフラン湖へ出向くから、それまでは一人にしてくれ」

マーリンはそう言うと、疲れたように顔を背けた。樹里は無言で部屋を出ていくしかなかった。


マーリンはふだんは憎らしいくらい冷静だが、こと母親に関しては感情を乱す。以前旅先でうなされているところを見たし、かなりのトラウマのようだ。樹里は魔女モルガンのことはほとんど知らない。王都に現れた際の残虐さを思い出せば、マーリンの心に根づいた恐怖は相当なものだろうと想像できる。マーリンは物心ついた時からモルガンを目の前で見てきたのだから。

恐ろしい存在、アーサーを狙う存在、そう思えばモルガンを殺すしかないというのも理解できる。だが、モルガンを救う可能性もあるなら、それについて考えるくらいはいいのではないかと思うのだ。それは樹里の好きな母を救うことに繋がる。

妖精王の言葉を信じるなら、マーリンにはそれができる可能性がある。今は頑《かたく》なな態度で話を聞かないマーリンだが、マーリンだってモルガンが優しい情のある母親になったら嬉しいはずだ。

（今は拒絶されちゃうから、折を見てまた話してみよう……）

その夜、ラフラン湖に向けてクロと歩きながら樹里はそう独り言ちた。一人で行こうとしたらショーンに止められ、護衛として神兵を連れていくことになった。ようやく春の兆しが現れたとはいえ、夜のラフラン湖はまだまだ寒い。樹里は焚き火に当たりながらランスロットの亡霊が出るのを待った。氷は融けているが、夜の湖は真っ暗で不気味だ。

二時間ほど待ったがランスロットの亡霊が出る様子もなく、じりじりと焦りに囚われる。神兵がいると出ないかもしれないと帰るよう勧めてみたが、彼らは樹里の護衛でラフラン領に来ているので頑として帰らない。押し問答をしているうちにマーリンが馬に乗って現れた。今夜は来ないと思っていたので安心した。

「マーリンが来たから、帰っていいぞ」

樹里だけじゃ安心できなかった神兵たちも、マーリンの登場で大人しく城に戻っていった。マーリンは相変わらず不機嫌そうにそっぽを向いている。

「……」

焚き火に折った枝を放り込み、樹里はマーリンに顔を向けた。マーリンは黙って火に当たっている。モルガンの話は禁句のようだと樹里も察したが、それ以外でマーリンと話すことがみつからなかった。しいて言えば共通の意識は、アーサーを好いていること。アーサーの話でもしようかと思ったが、口にすると余計に寂しさが募る。早く会いたい。手紙はもう届いただろうか。帰還した時には機嫌を直してキスしてくれるだろうか。

（アーサー、今頃何してるかなぁ）

アーサーのことを想って、胸がちくちくした。こんなふうに誰かを想って切なくなるなんて、以前の自分からは考えられない。

（マーリンも早くアーサーに会いたいだろうな）

マーリンとは友達というわけではない。仲間でもないし、家族というのも微妙だ。考えてみれば変な関係性だ。そのマーリンと二人で向かい合って火に当たっている。

「ランスロット出てこねーな……」

樹里は沈黙に耐えかねてぽつりとこぼした。

マーリンは何も言わない。年下の樹里が気を遣って声をかけているというのに、大人げない奴だ。空気が重い。クロがいるから間がもつが、いなかったら悲惨だった。

夜風が吹いてきて、火が揺れる。寒さを感じて樹里はクロに寄り添った。

「マーリンって、なんでランスロットが苦手なの？」

マーリンがだんまりを決め込んでいるので、ついそんな問いかけをしてしまった。マーリンの顔がいっそう険しくなり、じろりと睨まれる。

「別に苦手ではない」

マーリンが口を開いたのは嬉しいが、明らかに嘘だ。

「嘘つけよ。すげー苦手だろ。前からそうだったの？　ランスロットのどこが苦手なんだよ？　ランスロットってめっちゃいい男だし、頼りになるし、完璧だし……あ、もしかして完璧すぎるところが逆に」

調子に乗ってしゃべっているとマーリンの歌声が響いてきた。ハッとした時にはもう足元の葉っぱが口をふさぐように飛んできて息ができなくなる。

「ぺっぺっ、ぶはっ、やめろ！」

口に張りついてくる葉っぱを必死に払いのけるが、まるで掃除機で吸いよせるみたいに次々と葉っぱが口に張りついてくる。樹里はとっさにクロの背中に顔を埋《うず》めた。相手を黙らせるために魔術を使うマーリンは根性が曲がっている。

「この野郎……っ」

「しっ、あそこに何かいる」

文句を言おうとした時、マーリンが人差し指を口に当てて腰を浮かした。急いでラフラン湖を振り返ると、確かにぼうっとした白い影がラフラン湖の傍に立っている。

「今日は俺が行くから！」

樹里は抑えた声でマーリンを制し、そっと白い影に近づいた。暗闇の中、徐々にランスロットの輪郭がはっきりしてくる。マントと甲冑を身につけ、悲しげな瞳でラフラン湖を見つめている。

「ランスロット」

樹里はそっと声をかけた。ややあってランスロットが振り返る。その眼は樹里を見ているようで遠くを見ている。視点が合わないというか、風に揺れている柳に声をかけている気がする。

「ランスロット、身体に戻ってくれないか？　もうランスロットの身体は治ってるんだよ。頼むよ、早く帰ってきてくれないと……」

樹里は囁《ささや》くような声でランスロットに語りかけた。ランスロットは聞こえているのかいないのか、再びラフラン湖へ視線を向ける。

「ランスロット……」

樹里は返事のないランスロットに焦《じ》れて、一歩踏み出した。ランスロットは無言で真っ暗なラフラン湖を見つめている。樹里はマーリンを振り返り、どうしようかと目で訴えた。ランスロットの魂には樹里の声が聞こえていないようだ。妖精王は肉体に戻るよう言えと言ったが、肝心のランスロットに届かないのでは意味がない。

「お前の呼びかけに答えないのでは、私が何をしようと無駄だろう」

マーリンはそっけない声で首を振る。そんな、と樹里が不満げな顔をすると、マーリンは懐《ふところ》から杖と小さな袋を取り出した。袋から金色に輝く砂を手に取り、何やら低い声で歌い始める。そしてふっと金色に輝く砂に息を吹きかけた。

目の前にアーサーの姿が浮かび上がった。樹里はびっくりして飛びのいた。アーサーが恋しくて幻覚でも見ているのかと思ったほどだ。それは金色に輝く砂で描かれたもので、マーリンの杖によって動き始めた。

『ランスロット』

砂で描かれたアーサーがランスロットの前に立つ。声もアーサーそのものだ。一体どういう魔術だろう。するとランスロットが雷に打たれたように震え、アーサーの前に膝をついた。

『アーサー王……ッ』

ランスロットはアーサーの幻影に恐れ慄いている。アーサーの幻影はランスロットを見下ろす。

『肉体に戻り、我の元へ参じよ。これは命令だ』

ランスロットは苦しげな表情でアーサーを見上げ、胸をかきむしる。ランスロットの魂は何故か分からないが苦しんでいるようだ。

『しかし私にそのような資格は……、私は魔術にかかりアーサー王を……私は騎士としてあるまじき行いを……』

ランスロットは妖精の剣で討たれる前、ガルダの奸計《かんけい》にはまり、アーサーを殺すところだった。樹里に乱暴しかけたのもあって、記憶が混乱しているのかもしれない。真面目なランスロットのことだから、アーサーに顔向けできないと思って肉体から魂が離れてしまったのだろう。

『すべて赦《ゆる》す。お前は我の忠実な部下だ。分かったら急ぎ、戻るがいい』

アーサーの幻影は厳《おごそ》かな口調でランスロットに諭す。ランスロットは深く頭を下げ、『……御意』と呟いた。とたんにランスロットの形を作っていた白い影は消えた。

「う、うまくいったのか……?」

ランスロットの影が消えたので、マーリンが金色の粉をかき乱すように杖を振った。アーサーの幻影も消える。もっと見ていたかったので、残念だった。

「おそらくこれで戻るだろう」

マーリンは杖をしまい、こともなげに言う。

樹里は二人の幻影がいた辺りをうろつき、本当にいなくなったのを確認した。亡霊のランスロ

ットには幻影のアーサーが見えたのか。これでランスロットが無事戻ってくればいいのだが……。

「役目は終えた。城に帰るぞ」

マーリンはさっさと馬に乗り、ラフラン湖を後にする。樹里はまだ不安を残したまま、クロに跨って何度も振り返りつつ城に戻った。

ランスロットの魂を説得できたかどうかは分からなかったが、翌日からランスロットの亡霊が目撃されることはなくなった。とはいえ、肝心のランスロットはまだ戻ってこない。樹里としては魂が戻ったらすぐ妖精王が一角獣に乗って連れてきてくれると思っていたのだが、そう簡単なものではないようだ。

二日後にコンラッド川に視察に行っていた騎士たちが戻り、樹里たちは王都に戻ることになった。ひそかに銃を取り戻し、荷物に隠した。王都に戻ったらとりあえずからくり箱に隠しておくつもりだ。ランスロットは心配だが、信じて帰りを待つ他ない。ユーウェインたちはケルト族と結束して立派な砦《とりで》を造れそうだと意気揚々としていた。一度王都に戻ったのちは、本格的な建造を始めるために隊を率いてコンラッド川に向かうらしい。

懸念していたことがすべて落ち着いたので、これでしばらく安泰だと樹里は思った。早く王都に戻りアーサーの顔が見たい。そう思いながら帰路についた樹里たちは、街道から思いがけない光景を見る羽目になった。

Camelot Kingdom

5 反撃ののろし

A Signal Fire of Counterattack

最初にそれに気づいたのは先頭を走っていたマーハウスだった。

王都にたなびくのろしを見つけたのだ。王都では異変が起きた際、のろしを上げる決まりがある。これを見た騎士は、武装して城に駆けつけなければならない。

「王都にのろしあり！　隊を止めよ！」

マーハウスの胴震いする声で、それまでのんびり移動していた馬たちが神経質にいなないた。馬車に乗っていた樹里《じゅり》もすぐに異変を察し、ドアを開けて飛び出した。ユーウエィンとマーハウスが額を突き合わせるようにして話し合う中、マーリンは飛んできた鳥を呼び寄せている。樹里はユーウエィンのもとに駆け寄り、何が起きたか尋ねた。

「樹里様、お待ちください。今、マーリン殿が……」

土埃《つちぼこり》の上がる道を騎士たちの馬がいなないているせいで、鳥は上空で円を描き、なかなかマーリンの元へ下りられずにいる。マーリンが馬から離れて鳥を呼び寄せ、その足首にくくられた紙を広げた。マーリンの顔が青ざめる。

「城に北の部族が侵入した。彼らはモルドレッド王子を塔から連れ去ったらしい」

北の部族がモルドレッドを——。その場にいたすべての騎士たちがざわめいた。特にマーリンは今にも紙を引きちぎりそうなほど動揺している。

「樹里様、急ぎ城に戻ります。よろしいですか？」

ユーウェインは強張った顔つきで樹里を見た。樹里が頷くと、隊はそれまでとは打って変わって怒濤《どとう》の勢いで王都を目指した。馬車に乗っていた樹里は舌を噛みそうなくらい揺らされた。王都での異変に騎士も神兵も心が騒いでいる。マーリンの得た情報ではくわしいことは分からない。闘いになったのだろうか？　城の中にまで潜り込んでくるなんて、衛兵は何をしていたのだろう？　それに北の部族は災害で大変だったはずだ。何故わざわざモルドレッドを奪いに？

じりじりと焼けつくような不安が生まれる。アーサーは無事だろうか。強いアーサーのことだから大丈夫だと思うが……。仲違《なかたが》いしたまま別れたことをひどく悔やんだ。もしアーサーに万が一のことがあったら、一生後悔する。

（アーサー、無事でいてくれ！）

樹里は馬車の中で心から祈った。

夕暮れ時に王都に着くという予定を繰り上げ、樹里たちは昼時には王都に到着した。王都には目に見えた変化はなかった。モルガンが襲ってきた時のような壊滅状態ではないことにホッとして、樹里たちは急いで城に向かった。城内は慌ただしく兵士が動き回っている以外に目立った変化はなかった。北の部族はとっくに王都を出ていったらしく、ざわついた空気だけが残っている。

「アーサー王！」

広間に騎士たちと駆け込むと、アーサーが臣下たちと深刻そうに話し込んでいた。アーサーの無事な顔を見て力が抜ける。すぐにでも抱きつきたかったが、騎士たちの手前、我慢した。アーサーは樹里の顔を見てわずかに表情を弛《ゆる》めると、ユーウエィンに視線を戻した。

「樹里の護衛、ご苦労だった。あとで詳細を報告してくれ」

「アーサー王！　北の部族が攻めてきたと聞きましたが……!!」

マーハウスが激しい勢いでまくしたてる。広間には宰相《さいしょう》のダンや騎士団の隊長たちが浮かない顔つきだ。

「ああ。今朝、日が昇る前に五、六人の男が城内に入り込み、モルドレッドのいる塔を襲った。モルドレッドは彼らに連れていかれた。目撃者の話では北の部族らしき姿だったと。止めようとした衛兵が五名、殺害された。かなりの手練《てだ》れだろう。事態に気づいた騎士がのろしを上げたのだ。一度つけるとなかなか消えなくてな」

アーサーはため息とともに状況を語った。攻めてきたというからもっと激しい戦闘が起きたのかと思ったが、そういうわけではないらしい。とはいえ殺害された者もいる。そうまでしてモルドレッドを狙う理由はなんだろう。

「北の部族が戦争をしかけてきたわけではない。だがモルドレッドを人質にとる意味が分からない。この国では罪人扱いだというのに……」

アーサーは腑《ふ》に落ちない様子だ。ユーウエィンたちは状況が分かり、少し落ち着いたのか怒気を収めた。ざわめきの中、樹里はアーサーに近づいた。アーサーも手を伸ばし、樹里を抱き寄せる。

「アーサー、無事でよかった」

樹里は自分の想いを伝えるようにアーサーをぎゅっと抱きしめた。アーサーがきつく抱き返してくれて、胸が熱くなる。

「お前こそ、無事に戻ってきてくれてよかった。手紙をありがとう。……今夜は一緒に過ごしたい」

アーサーに耳打ちされて、樹里はかすかに頬を染めながら分かったというようにアーサーの胸に顔を埋《うず》めた。大事に至らなくて安心した。アーサーと抱き合っていると、離れていた間の不安が消えていく。

樹里は広間を出て神殿に戻った。大神官に帰還の挨拶をし、運んできた神具や荷解《にほど》きをしてようやく落ち着いた。

「サン、北の部族ってどういう奴らか知ってる？」

部屋でお茶を飲みながら聞くと、サンはさも嫌そうに身をすくめた。

「野蛮な奴らですよ。言葉も通じないし、聞いた話じゃ死んだ後、遺体を家の前に吊るすんだそうです。信じられませんよね。男性も女性も丸刈りで、ぱっと見、見分けがつかないそうです」

男性も女性も丸刈りなんて、変わった部族だ。サンによると北の部族は定期的に住む場所を変えるそうだ。ユーサー王の時代に一度は制圧しかけたのだが、もう少しというところで失敗したという。ここ数年は同じ場所に留まっていたが、そこへ災害が訪れたという。よく分からないのは、自分たちが大変な時に何故モルドレッドをさらっていったのかということだ。

「ちょっと西の塔を見に行こうぜ」

夕食を終えた後、樹里はアーサーに会うために再び城に足を踏み入れた。モルドレッドの幽閉されていた西の塔が気になりサンと一緒に出向くと、そこは思ったよりも悲惨な状況だった。

「うわ……」

西の塔の入り口は何かの爆発でも受けたみたいに崩れていたのだ。しかも壁や石畳に血の跡が残っている。この時代に爆発物があるとは思えないが、どうやって壊したのだろう？

「ああ、モルドレッド……」

西の塔にはイグレーヌ皇太后も見に来ていた。モルドレッドを助けてくれと願っていたイグレーヌ皇太后は壊れた西の塔を見て今にも倒れそうだ。おつきの侍女に支えられたイグレーヌ皇太后を、衛兵たちが誘導する。

「神の子、危険ですので中には入らないで下さい」

崩れた入り口を覗いていると、見張っていた騎士の一人が樹里を止めた。仕方なくその場を離れたものの、どうやって石造りの塔を壊したのか疑問が残った。この時代、投石器というものがあって、遠心力を使って大きな岩を敵にぶつけることができる。だがどこにも投げられたような岩がないし、砕けた破片もない。かすかに焦《こ》げた臭いがするので、火を使った攻撃をしたのは間違いないが、北の部族は聞いたところ文明が発達している様子はないし、何を使ったのか気になった。

（まさか魔術じゃないよな？）

疑惑を抱きながらも、樹里は南側にあるアーサーの部屋へ向かった。アーサーの部屋の前でサンに神殿へ帰るよう促していると、奥からアーサーの怒鳴り声が聞こえてきた。びっくりしてドアの前で見張っていた衛兵と目を合わせる。何か起きたのだろうか。アーサーがこんなに怒鳴るのなんて珍しい。

「アーサー、どうしたんだよ？」

部屋に通された樹里は、中央で頭を抱えている宰相のダンとむっつりした顔のマーリン、それから怒りを露《あらわ》にするアーサーを順に眺めた。立ち上がっていたアーサーは険しい表情で大きく息を吐いた。まずい時に来てしまったらしい。もう夜も更けたし落ち着いた頃と思ったのに。

「樹里、すまないが今夜は……、いや、やっぱりこっちに来てくれ」

アーサーは不機嫌な様子で樹里に近づくと、うろんな眼差しをダンとマーリンに向けた。

「布告は明日行う。今夜は誰にもこのことを明かすな。特にユーウエィンたちは長旅で疲れている。せめて一晩、安眠させてやれ」

アーサーは低い声で二人に命じる。二人とも殊勝な顔で頷き「御意」と席を立った。何かが起きたらしいが、誰も口にしない。ダンとマーリンが部屋から出ていって、樹里は不安になってアーサーを見上げた。

「何が起きたんだよ？　アーサー」

樹里の真剣な眼差しを受け止めて、アーサーがくしゃりと顔を歪める。アーサーは何も言わず樹里の唇を奪った。きつく抱きしめられて、熱い抱擁を交わしながらも、樹里は不安でいっぱいになった。アーサーの中に荒れ狂う波を感じたのだ。アーサーはひどく怒っていて、その憂さを晴らすかのように樹里の唇を吸った。

「アーサー……、ん、ちょ、……っ」

理由を教えてほしいのに、アーサーは樹里を抱き上げると隣の寝室に移動した。ベッドに押し倒されて、アーサーが再び樹里の唇を貪る。

「一体何が……、教えてくれよ……っ」

キスの合間に必死になって言うと、アーサーが樹里の衣服の肩口を広げ顔を埋《うず》めてきた。

「戦になる」

樹里の衣服を乱暴に剝がしながら、アーサーが呟いた。その言葉で樹里の身体は硬直し、覆い被さるアーサーを凝視した。戦——まさか、北の部族とか。

「モルドレッドが北の部族の旗印となったのだ。あまりに早すぎることからも、今朝の一件はモルドレッドの謀《はか》ったことだと考えざるをえない。モルドレッドはさらわれたのではなく、自ら逃亡したのだ」

ショックを受けて固まる樹里に、アーサーは淡々と述べた。

「モ、モルドレッドと闘うっていうのか……!?」

樹里が引き攣《ひ》《つ》った声で叫ぶと、アーサーは苦しげに目を伏せ、樹里の額にかかる髪を搔き上げた。

「モルドレッドが反旗を翻《ひるがえ》した以上、俺はキャメロットの王としてあいつを討たなければならない」

きっぱりと言い切られ、樹里の鼓動が跳ね上がった。

アーサー王物語ではアーサーはモルドレッドとの闘いがもとで命を失っている。異なる点も多いが、似通っている点が多い物語を無視はできなかった。

「駄目だよ、アーサー‼　モルドレッドと闘うのはやめてくれ！　アーサーにもしものことがあったら……‼」

モルガンとの闘いは避けられないとしても、モルドレッドとの闘いはしてほしくなかった。兄弟で争うことも悲しいし、何よりも不安でたまらない。樹里がアーサーに抱きついて懇願すると、不敵な笑みで返された。

「俺がモルドレッドに負けるとでも？　心配はいらない。北の部族など騎士団にとって脅威でもなんでもない」

「でも……っ」

樹里はなんとかやめてほしくてアーサーにすがった。アーサーは樹里の言葉を遮るように唇を覆うと、愛しげに髪を撫でた。

「この闘いは避けられない。俺が望んだことではない、モルドレッドが望んだことだ。命だけは助けてやろうと情けをかけたのがそもそも間違いだった」

アーサーはモルドレッドへの怒りを表情に滲《にじ》ませた。裏切られた思いでいっぱいなのだろう。

それを払拭《ふっしょく》するように大きな手で樹里の身体を撫でていく。

「せっかくお前が帰ってきたのに、今度は俺が王都を離れねばならなくなるとは。上手くいかないものだな……」

樹里の胸に頬を擦りつけ、アーサーが囁《ささや》く。

「アーサー……」

樹里はアーサーの髪を指ですき、その額に唇を押し当てた。アーサーの手が樹里の頬を撫で、深く唇を重ねる。アーサーとするキスは脳を痺れさせる。柔らかで濡れた感触が心地よい。唇を舐められたり吸われたりすると、気持ちよくて離れがたくなる。

「離れていた間の夜は、ひと肌が恋しかったぞ。お前の匂いをかぐと興奮する」

アーサーが耳朶《じだ》に唇をつけて呟く。とたんにぞくぞくとしたものが背筋を襲った。ぶるりと身をすくめ、樹里は無意識のうちにくっついていた腰を離した。目ざとくアーサーが気づいて、股間に手を伸ばす。

「お前も興奮しているのか」

形を変えた樹里の性器を軽く握り、アーサーが笑う。自分の身体が自分のものではないような気がして、樹里は羞恥《しゅうち》を覚えた。アーサーと密着しているだけで身体に変化が出るなんて、すっかり感覚がおかしくなっている。しばらく離れて生活していたせいだろうか？　アーサーが自分を見る目つきや体臭、吐息にさえ敏感になっている。アーサーの手で軽く扱《しご》かれただけで息は乱れ、体温が上がる。

「アーサー……、肌をくっつけたい」

互いの温度をもっと感じたくて、樹里は熱っぽい声で言った。アーサーの瞳が燃えるように輝き、身につけていた衣服を次々と脱いで床に放った。全裸になって抱き合うと、アーサーの鼓動と体温をよりいっそう感じた。アーサーの手が鷲摑《わしづか》みするように樹里の尻を揉む。乱暴なしぐさでも樹里は甘い息をこぼし、アーサーの腰に足を絡めた。

「あ……、あ……っ」

尻を揉まれながら乳首を吸われ、樹里は鼻にかかった声を上げた。舌先で乳首を弾かれ、甘く嚙まれると、腰に熱が溜まっていく。

「今日はとても敏感だな……、待ちわびていたのか？」

アーサーはからかうように樹里の乳首を引っ張る。

「バカ、そんなわけ……っ、ん、ぁ……っ、……っ」

否定したいがアーサーに乳首を執拗《しつよう》に弄《いじ》られると、声が上擦って腰が跳ね上がる。アーサーが乳首を弄りすぎたせいだ。そこは樹里の弱い部分になってしまった。両方いっぺんに指先でコリコリされると、息が詰まる。変な声が出る。

「不思議だな、お前は男なのに……ずいぶんふっくらしてきた気がする」

アーサーはからかうように平らな胸を寄せて、乳首を甘嚙みする。濡らされた乳首は尖《とが》って、アーサーの愛撫にひくついている。それが恥ずかしくてたまらない。

「そんなわけないだろ……、もう馬鹿、そーゆーこと言うな……」

樹里が身をよじるようにすると、アーサーはわざと指先で乳首を弾く。指で押し潰されたり引っ張られたりして、樹里の腰が動くのを興奮して見ているのだ。

「アーサー……っ、そこばっかはヤだって、ば……、ぁ……っ、あ……っ」

乳首ばかり弄られて、樹里は身悶《みもだ》えしてアーサーの胸板を押しのけた。乳首だけで喘《あえ》いでいる自分が恥ずかしい。

「ここだけでもかなり感じているんだろう？　見ろ、後ろが濡れてきた」

アーサーが指先で尻の谷間をつーっと撫でる。そこはとっくにびしょ濡れになっていて、ますます顔が熱くなった。男のそこは濡れないのに、樹里の身体は変貌を遂げて感じると濡れるようになった。性器が反り返っているだけでもいたたまれないのに、隠しようがなくてつらい。

「奥も弄ってほしいのか？　たまにはねだってみろ」

アーサーは乳首を舌先で舐《ねぶ》りながら言う。

「ず、るい……っ、ん……っ、んぅ……っ」

樹里は身をくねらせて足をもじつかせた。アーサーの言うとおり、熱くなった身体は奥への愛撫を欲していた。身体の内部を弄ってほしい。でもそんなこと恥ずかしいから言いたくない。

「言わないとこのままだぞ。乳首だけでも十分達せそうだが？」

アーサーは笑いながら樹里の乳首をぐねぐねとこねる。乳首だけでイくなんて、それこそ絶対にしたくない。男とセックスすることには多少免疫がついたとはいえ、男の矜持《きょうじ》はまだ残っているのだ。そんな淫乱な身体だなんて認めたくない。

「アーサー……っ、クソぉ、頼むから、お……尻も……い、弄って……」

耐えきれず樹里はか細い声でせがんだ。アーサーが噴き出して樹里の耳朶を噛む。

「お前真っ赤だぞ。そんなに恥ずかしいのか?」

からかうアーサーの頬を思い切りつねる。アーサーは痛そうに頬を撫でて、ようやく樹里の尻のすぼみに指を差し込んだ。

「すごい濡れている」

アーサーの指が内部に入ると、言われるまでもなくそこがしとどに濡れているのが分かった。羞恥心で涙が滲む。樹里の内部は難なくアーサーの指を銜《くわ》え込《こ》み、濡れた卑猥《ひわい》な音を立てる。待ち望んでいた奥への愛撫に、樹里は息を乱した。

「見ろ、もう入れてくれと言わんばかりに柔らかくなっているぞ」

アーサーに耳元で揶揄《やゆ》され、樹里はベッドの上で身悶えた。身体が変化しているのか、樹里のそこはアーサーの指をすぐに二本受け入れた。入れた指を抜き差しされて、ぐちゃぐちゃといやらしい音が響く。樹里はたまらずにベッドにうつぶせになった。アーサーは奥に入れた指で内部をかき混ぜる。

「ひ……っ、あ……っ、あぁ……っ、き、気持ちい……っ」

樹里は腰をひくつかせて喘いだ。頭がとろんとして、アーサーが指を動かすたびにとめどなく声がこぼれる。前立腺を弄られるだけでなく、内壁を辿られても、入り口の部分を広げられても、何をされても気持ちよくてたまらなかった。

「そんなにいいのか……？　あまり煽《あお》るな、お前の声で俺も熱くなってきた」

樹里の尻を愛撫しながら、アーサーが唇を舐める。樹里は腰を揺らして快感に浸った。愛液は今や太ももにまで垂れている。肩越しにアーサーを見ると、アーサーの腰に反り返る性器が嫌でも目についた。あの太くて長いので奥をめちゃくちゃに突き上げられたら……そんな想像に生理的な涙があふれる。

「アーサー……、アーサーのが……欲しい」

無意識のうちにそんなことを口走ってしまい、カーッと頭に血が上った。アーサーの瞳に情欲の炎が燃え、樹里の身体が反転される。

両足を大きく広げられたと思う間もなく、アーサーは樹里の腰を抱え、猛《たけ》った性器を押しつけてきた。濡れた最奥《さいおう》に、アーサーの性器の先端がめり込んでくる。それはずぶずぶとゆっくりと狭い入り口を押し広げていく。

「あっ、あ……っ、あぁ……っ、ひ、んっ」

大きくて熱い塊《かたまり》が内部に入ってきて、怖いような、それでいて眩暈《めまい》がするような快感が背筋を駆け抜けた。アーサーの性器が樹里の感じる場所を擦り、一気に奥まで突き上げてくる。

アーサーの性器が奥をごりっと擦り、樹里は仰《の》け反《ぞ》った。

「ひああ……っ!!」

繋がった奥がひどく熱くなったと思った瞬間、樹里の性器から白濁した液体が噴き出した。アーサーの性器を締めつけ、ひくひくと震えながら性器の先端からだらしなく蜜を垂らす。アーサーは深い息を吐き出し、目を細めた。

「入れただけで達したのか……？　可愛い奴だな……」

腰を震えさせる樹里を見下ろし、アーサーが舌なめずりする。樹里は声も出せず、ひたすら呼吸を繰り返すだけだった。全身が敏感になっていて、銜え込んだアーサーが些細な動きをするだけでびくっとなる。精液が腹や胸にかかり、嗅覚さえもおかしくなる。

「ひ……っ、は……っ、はぁ……っ、はぁ……っ」

アーサーの手が宥《なだ》めるように樹里の胸元を撫でる。樹里は濡れた唇を手の甲で拭《ぬぐ》った。全身で息をすると奥深くにいるアーサーの熱を余計に感じる。樹里は気づかぬうちに腰をくねらせていた。脈打つそれが、樹里をもっと乱れさせることを知っているせいだ。

「気持ちいいか……？」

アーサーは樹里の両足を胸に押しつけ、軽く腰を揺さぶった。甘い電流が繋がった場所から広がって、樹里は目尻から涙を落とした。

「う……うん……、き、気持ちいー……」

ゆっくり内部で動かされ、樹里は惚けた表情で言った。アーサーのそれは樹里の形とぴったり合って、気持ちよさしか与えない。大きくて苦しいはずなのに、それを上回る快楽に支配される。

「はぁ……っ、は……っ、ああ……っ」

内部をかき回され、息遣いが切羽詰まっていく。アーサーは樹里の感じるところを熟知していて、ゆっくり律動したかと思うと、前立腺をぐりっと擦っていく。そのたびに樹里は息を引き攣

らせ、理性を失っていく。

「アーサー……っ、あ……っ、あ……っ」

奥への動きが少しずつ速くなっていくと、樹里は敷物を乱して嬌声《きょうせい》を上げた。自分の声がどんどん甲高くなっていく。気持ちよくて声が殺せない。アーサーに押さえつけられた腕や足さえ感じて、汗ばんでいく。

「俺も気持ちいい……。ずっとこうして繋がっていようか……?」

アーサーが身を屈《かが》めて、額にはりつく樹里の前髪を掻き上げる。ずっと繋がっていたら、きっとおかしくなる。今でさえこれほど心地いいのに、長い間繋がっていたらどうなるか分からない。

「中がひくついている。我慢できなくなってきたか……?」

樹里の耳の中に舌を差し込み、アーサーが囁いた。思わずぶるりと身をすくめると、アーサーがぐっと腰を突き上げてきた。

「ひ……っ、あ……っ、あ……っ、あっ」

アーサーの動きが深いものに変わってきた。樹里の足を大きく広げ、激しく腰を振ってくる。アーサーの性器はどんどん奥へと潜り込んでくる。あまりに深い場所は怖くて、それでいて耐えがたい快感をもたらす。

「はぁ……っ、ひぁ……っ、や、やだ、そ、そこは怖い……っ、あっ、あっ、あっ」

アーサーの性器が根元まで押し込まれ、樹里は引っくり返った声を上げた。アーサーは腰を打ちつけるようにして、容赦なく内部をぐちゃぐちゃにする。樹里は強い快感から逃れるように身をよじった。けれどアーサーは逃げることを許さず、樹里を押さえつけて激しく突き上げてくる。

「やぁ……っ、あ……っ、ひああ……っ!!」

深い奥を穿《うが》たれて、樹里は悲鳴じみた嬌声を上げ続けた。全身から力が抜けて、アーサーを銜え込んだ奥が火傷《やけど》したみたいに熱くなる。アーサーが腰を振るたびに卑猥な水音が響き、頭がおかしくなりそうだ。過ぎた快感は苦しささえあって、樹里は生理的な涙をこぼした。

「はぁ……っ、はぁ……っ、樹里……っ」

アーサーは汗ばんだ身体で樹里の奥を激しく揺さぶった。アーサーの性器がいつもより大きく感じる。身体の奥をいっぱいにされ、腹を突き破って出てくるのではないか。

「あー……っ、あー……っ、やぁあ……っ!!」

樹里は襲いかかる快楽の波に、仰け反って喘いだ。寝台の軋《きし》む音、互いの獣のような息遣い、熱、すべてが現実のものとは思えなかった。男に組み敷かれ、奥を突き上げられ、気持ちよすぎてどうにかなってしまいそうだ。

「樹里……っ、中に出してほしいか……?」

樹里の腰を揺さぶりながら、アーサーが上擦った声を出す。

「出して……っ、中に、ほしい……っ」

ふだんなら絶対に言わないことだが、快楽に溺れるあまり樹里はそう口走った。とたんにアーサーの律動がいっそう深くなり、奥へ奥へと熱が広がっていった。アーサーは身体を折り曲げ、樹里の中に思いのたけを注ぎ込んできた。

「う……っ！　く……っ、はぁ……っ、は……っ」

アーサーが息を詰めて、それまでの激しい動きを止める。内部にじわーっと液体が広がるのが分かった。樹里はぐったりと織物の上に身を投げ出した。アーサーは最後の一滴まで注ぐように、ゆっくりと腰を振る。

「ひ……っ、は……っ、あ……っ、あ、あ……っ」

樹里は痙攣《けいれん》しながら鼻にかかった声を上げた。身体が勝手に跳ね上がり、コントロールできない。息が苦しくて頭がちかちかする。ぼうっとしたまま自分の身体を見ると、胸や腹に大量の精液があった。知らない間に射精していたことにびっくりした。ずっと気持ちよくて、どこがピークだったのかさえ分からない。

「んう……っ」

アーサーが腰を引き抜いた衝撃で、樹里は大きくびくりとした。

「樹里……」

アーサーは肩で息をして、樹里に覆い被さってくる。べたべたになった身体をくっつけ合い、貪るようにキスをした。これだけ密着していると、最初から一つだった気さえする。アーサーは愛しげに樹里を抱きしめ、背中を何度も撫でた。

「アーサー……」

樹里はようやく息が整うと、アーサーの厚い胸板に頬を押しつけた。アーサーの手が樹里の髪をわざと乱す。

「マーリンから聞いたぞ、妖精王から返事をもらったらしいな」

樹里の額にキスを落とし、アーサーが言う。

「ん……。俺のことは大丈夫そうだけど、ランスロットがどうなったかまだ分からない。なぁ、アーサー。戦のことだけど」

「ランスロットが戻るのを待てという話なら聞かないぞ」

樹里の髪を引っ張ってアーサーが呟く。図星だったので樹里は顔を上げた。なんで分かったのだろう。

「ランスロットは強いが、あくまで臣下だ。何故臣下が戻るのを待ってから戦に赴かねばならない？　お前は俺を馬鹿にしてるのか？」

「そういうわけじゃないよ！　でも戦力としてさ……、っていうか心配なんだよ。俺、モルドレッドと争ってほしくない。別に王様自ら行く必要ないだろ？　こういうのって臣下に任せればいいじゃないか」

アーサーに『アーサー王物語』の話はできないので、何故モルドレッドと争ってほしくないかについては言えない。言葉を濁したまま説得しようとしたが、アーサーの意見ははっきりしていた。

「先発隊は行かせるが、俺は玉座に座っているだけの王ではない。モルドレッドを完膚なきままでに叩き潰す。王家の発展のためにはそうするほかない」

アーサーは上半身を起こすと、先ほどとは打って変わって冷静な眼差しになった。

「それに仮にも王家の人間だった者に対して、騎士団が平気で剣を振るえるわけがない。そのためにも俺が先頭に立って指揮を執る必要があるんだ」

樹里は何も言えなくなって唇を噛んだ。そこまで考えていなかったのだ。王としてアーサーはより良い道を選ぼうとしている。たとえそれが弟を殺すことだとしても、アーサーが第一に考えているのはキャメロット王国の行く末だ。

けれど樹里の胸の中には得体の知れない不安がある。

「アーサー、俺も一緒に行っちゃ駄目かな」

樹里は起き上がってねだるようにアーサーを覗き込んだ。とたんにアーサーの顔が強張り、辟易《へきえき》したように金髪をかき乱した。

「お前は馬鹿か？」

ストレートに言われて樹里はムッとした。

「どこの王が戦場に身重の恋人を連れていく？　以前からお前はどこかおかしいと思っていたが、もしかして致命的に頭が悪いのか？　分かり切った話を持ち出すお前の真意が理解できない」

眇《すが》めた眼差しで見られ、樹里は目を吊り上げた。

「俺は馬鹿じゃねーって！　俺がいたら役に立つことといっぱいあんだろ⁉　俺、治癒する力があるんだから！　地下神殿でアーサーを助けたよね⁉」

馬鹿にされて腹立たしくて、樹里はアーサーの肩を摑んで怒鳴った。

「それは知っている。だがお前の腹には俺の子がいる。そんなお前を危険な場所に連れていくほど俺は愚かではない。お前は黙ってお腹《なか》の子のことだけ考えていればいいんだ」

アーサーは厳しい顔つきで言い返す。上から押さえつけるような言い方をされ、非常にムカついた。こっちはアーサーの身が心配でたまらないのに、けんもほろろとはこのことだ。

「横暴だ！　俺だって自分が剣を振るとは言ってねーだろ⁉　隊の後ろのほうでいいからさ、俺も連れてけ！　嫌な予感がすんだよ！」

アーサーの肩を揺さぶってみたが、軽く振り払われてしまった。アーサーの目つきがどんどん鋭くなっていく。

「お前はどうして閨《ねや》で俺を苦しめるような発言ばかりするんだ？　ラフラン領に行かせたことだって俺にとってはものすごい譲歩だったんだぞ？　お前があまりに不安がるから許したが、今回の件は絶対に認められない。絶対にだ！　何が何でも！　天変地異が起ころうとも！」

樹里の反論を封じ込めるように、アーサーが畳みかけるように怒鳴る。ぐうの音《ね》も出なくて樹里はひたすらアーサーを睨《にら》みつけた。

少し前まであった色っぽい空気はすっかり消えてしまった。じっとりと睨み合い、互いに一歩も譲らず、樹里たちは朝を迎えることになった。

Camelot Kingdom

6 カムランの闘い

The Battle of Camrann

　広場に集められた騎士は、一糸乱れぬ姿で隊列を組んでいた。抜けるような青い空に、高らかに角笛が響き渡る。騎士団第二部隊隊長のバーナードを先頭に、八百頭の騎馬隊と百五十名の歩兵部隊がずらりと並んでいる。全員甲冑《かっちゅう》を身にまとい、研ぎ澄まされた剣を腰に掲げている。

　騎士団の旗とキャメロット王国の旗が風にたなびき、彼らの前にアーサーが堂々とした佇《たたず》まいで現れる。

「騎士団第二部隊！　本部隊に先駆けて、この国に混乱と裏切りをもたらした極悪人を討ち取ってくるのだ！　もはやモルドレッドは王家の者ではない、恩を仇《あだ》で返す裏切り者だ!!」

　アーサーが肌がびりびりするような声で宣言すると、おおおお、という地響きにも似た咆哮《ほうこう》が騎士たちから返ってきた。

「モルドレッドは北の部族に寝返り、キャメロット王国に反旗を翻《ひるがえ》した！　北の部族もろとも、叩き潰せ！　我が王国の強固な力を見せてやるのだ!!」

　アーサーの声は遠くまで轟《とどろ》き、騎士たちを鼓舞した。バーナードが剣を天に掲げ、胸に手を当てる。

「王家のために！　キャメロット王国のために！」

バーナードが叫ぶと、すぐさま騎士たちが同じ言葉を繰り返す。

「王家のために！　キャメロット王国のために!!」

騎士たちの声ははるか遠くまで響き渡った。騎士たちは王家に忠誠を誓っており、アーサー王を崇拝している。離れた場所で見ていた樹里《じゅり》にも、彼らの熱気が伝わってくる。

「樹里様、早く下りてきてください」

下からサンのせっつく声が聞こえる。樹里は太い枝に腕を絡ませ、しぶしぶ大木を下りた。今日は騎士団第二部隊が旅立つ日だ。モルドレッドから王家と断絶する旨を伝える書簡が届き、会議した結果、まず第二部隊が先発隊として送られることになった。アーサーは最初から出るつもりだったようだが、まずは様子を見ようという宰相《さいしょう》のダンに説得された形だ。というのも偵察隊から、北の部族が災害で多くの死者を出したという報告を受けていたせいだ。マーリンが調べた通り、偵察に行っていた者も、今、北の部族は闘えるような状態ではないと違和感を訴えている。宣戦布告はモルドレッドのはったりではないかという意見もあって、先発隊を出すことにしたのだ。樹里としては第二部隊がすべて片付けて帰ってきてくれるのが理想だ。

アーサーは樹里が今回の件について話すのを煙たがっていて、彼らを送り出す際も絶対に近づくなと釘を刺してきた。仕方ないので小高い丘の木の上から広場の様子を盗み見た。

「騎士団を率いているアーサーってかっこいーよな」

神殿に戻る道すがら、樹里は言った。隣を歩いているクロとサンは呆れたように樹里を見る。

「アーサー王はいつだってかっこいいですよ！　本当に樹里様くらいですよ、アーサー王にあんな口を利《き》くのは」

サンが樹里の態度を非難する。こっちとしては褒《ほ》めたつもりなのに納得いかない。

「そもそも王を呼び捨てとか！」

サンに説教されるのが嫌で、樹里は走りだした。今さら丁寧に接するなんてできない。大体本人が許してくれているのだから外野にとやかく言われることではない。

神殿に戻ると、大神官の祈禱《きとう》が聞こえてきた。おそらく騎士団の家族が頼んだものだろう。戦が始まるので大神官はここぞとばかりに祈禱をしまくっている。金目当ての祈禱だと思うと本当にご利益があるのか疑わしいが、民が安心するなら仕方ない。

「コンラッド川の補給地造りは続行されるんだな」

神兵同士が話しているのが聞こえてきて、樹里は聞き耳を立てながら足音を忍ばせてその脇を通った。柱の向こうで話している二人は自分たちが招集される可能性があるかどうかについて意見を交わしている。

「モルドレッド王子はすぐ討ち取れると踏んでるんだろ。もともとあの人、弓の腕だけはすごかったけど、剣はおそまつだったし」

「そうだな、戦っていっても俺たちが出ることにはならないよな」

同僚同士の会話のせいか容赦がない。この国では強いことが良いとされていて、それゆえにアーサーは尊敬されているが、モルドレッドは格下に見られている。おまけにジュリにそのかされて国を混乱させたことを民は未《いま》だに許せないらしい。街でもモルドレッドの評価は地に堕《お》ちていて、すっかり悪役だ。

誰もがモルドレッドのことをたいしたことがないと言うが、本当にそうなのだろうか？　そもそも警備の堅い城に北の部族が入り込んできたこと自体も解せないし、いつの間にかモルドレッドが彼らと手を組んでいたのも見過ごせない。

（早く闘いが終わるといいんだけど）

階段を二段飛ばしで上がりながら樹里は心から願った。ようやく追いついたサンが樹里の名前を呼んでいる。怒られる前に部屋に戻ろうと樹里は足を速めた。

闘いが早く終わってほしいという樹里の願いは叶わなかった。

騎士団第二部隊が出立した五日後、葦毛《あしげ》の馬に乗った伝達係が王宮に駆け込んできた。その時アーサーとマーリンとダン、それから騎士団の第三部隊、第四部隊隊長は会議の間で武器の輸入について話し合っていた。樹里は偶然その場に居合わせ、一報を聞くことになったのだ。

「アーサー王、急ぎ、報告です！」

伝達したのは第二部隊のアランという若者だった。

第二部隊が北の部族の住む地域まで行くのに馬で五日、歩兵部隊も擁しているので到達するのに約一週間かかる。そろそろ敵地に着いただろうかという状況で、駆け込んできたアランは予想だにしていなかった報告をした。

「カムランの地で虐殺あり！　カムラン村の者が大勢、北の部族によって殺されました！　現在、カムラン村は北の部族に支配されている状況です！」

アランの悲痛な叫びに場がざわめいた。カムラン村は北の部族の住む地域から一番近い場所、キャメロット王国の境界線にある。そこを北の部族が攻めてきたというのだ。

「何だと⁉　第二部隊は何をしている⁉　モルドレッドのしわざなのか⁉」

アーサーは円卓を叩き、怒声を発する。アランは畏縮するように身を震わせ、頭を下げた。

「侵略を聞きつけ、バーナード卿の指揮の下、我らはカムラン村に急ぎました。そして北の部族と交戦しましたが、恐ろしく強くてカムラン村を取り返すことができませんでした……っ、敵の大将はモルドレッド王子……、そして、その隣には……」

アランがちらりと樹里を見る。

「ガルダらしき男が……」

樹里はショックで血の気が引いた。ガルダはやはり生きていた。しかも今度はモルドレッドを使ってアーサーを苦しめている。ガルダがついているということは、そのバックにいるのは――魔女モルガン。

その場にいた全員が、モルガンの関与を確信して、息を呑んだ。

「モルドレッド……ッ、国を裏切っただけでなく民まで……っ、その上、我が国の敵である魔女モルガンに寝返ったとは!!」

アーサーの怒りはすさまじかった。アーサーだけではない、誰もが怒り心頭だった。よりによってモルガンの手を借りるなんて、モルドレッドはそこまで堕ちてしまったのか。

「第二部隊は強者《つわもの》ぞろいのはず、その彼らが敵わぬというのは、何か魔術でも使われておるのか？　……魔女モルガンはその場に？」

ダンが白い髭《ひげ》をしきりに弄《いじ》りながら尋ねる。皆がアランに注目する。

「魔女モルガンの存在は見当たりませんでした。それに魔術……らしきものは感じられませんでした。けれど北の部族はまったく死なないのです。斬られても平気で攻撃してきます。このままではいずれ我が隊は全滅すると、バーナード卿から応援部隊の要請も……」

アランのすがるような眼差しを受け、アーサーは顔を引き締めた。

「無論だ。すぐに騎士団第三部隊を向かわせる。一両日中には、俺も出る」

アーサーの宣言に樹里もマーリンも身体を強張らせた。第三部隊隊長は今日中に兵を動かすため、速足で会議の間を出ていった。アーサーが出るということは騎士団第一部隊も出るということだろう。現在第一部隊に所属するユーウエィンとマーハウスはコンラッド川の補給地造りに出ているが、彼らも王都に呼び戻されることになった。

慌ただしく準備が始まった。モルドレッドが魔女モルガンと組んだという話はあっという間に民にも知れ渡った。恐怖と怒りが王都に渦巻き、空気がぴりついていた。

第三部隊は報告を受けた数時間後には王都を出発した。今度は機動性を重視し、騎馬兵のみ八百騎が出た。アーサーは忙しく駆け回っていた。自分も明日には出立するので、その間のことをダンと打ち合わせしている。マーリンはもちろんアーサーと共に闘いの場に赴く。ガルダがどんな魔術を使っているか分からないが、モルガンがいなければマーリンのほうが能力は勝っている。

樹里は真夜中、マーリンの部屋に押しかけた。

「マーリン！　俺も連れていってくれ！」

闘いの準備で忙しくしているマーリンに大声で言うと、呆れたように振り返ってきた。

「お前は馬鹿か？　何故お前を連れていく」

デジャブを感じる台詞《せりふ》だが、樹里はめげなかった。

「アーサーが心配なんだ、アーサーに言っても絶対駄目だって言うけど、俺はどうしても行かなけりゃならない。だってカムランの地だろ？　そこはやばいんだよ！　カムランの地はアーサー王の最後の闘いの場なんだ、そこで死んだとも、傷を負ってアヴァロンってとこに行ったとも言われてて！」

ここは引けないと樹里が唾を飛ばして言うと、ふっとマーリンの顔色が変わった。

「アヴァロン……？　アヴァロン島のことか？」

今度は樹里が青ざめる番だった。アヴァロン島がこの世界にも実在するなんて。『アーサー王物語』とこの世界では異なる点も多いので気にしないようにしようと思っていたが、類似点が多いとどうしても気になる。カムランの地にアーサーが行くことなどないと思っていたのに、呼び寄せられるようにしていってしまうのは、物語と同じ結末を辿るためじゃないのか。そんな馬鹿な考えが浮かんでしまうのだ。

「俺には治癒能力があるんだろ？　だったら俺を連れていってくれよ！　アーサーに言ってもぜんぜん聞いてくれないけど、じっと待っているなんてできねーよ！　腹の子のこと言うけどさ、アーサーが死んじゃったら意味ないだろ⁉　マーリンなら分かるだろ⁉」

　頼みの綱はマーリンだけだ。マーリンにとってはアーサーが生きていることが大事で、魔女モルガンを倒すのは二の次だ。樹里が必死で頼み込むと、眉根を寄せてマーリンが考え込んだ。

「……闘いの場にお前を連れていくのは難しい。お前を連れていったのがばれたら、私はアーサー王の信頼を失う」

　マーリンは長椅子に腰を下ろし、低い声で呟いた。駄目なのか、と気落ちした樹里に、マーリンは目を細める。

「だがお前が勝手についてきたのなら、私の知るところではない。甲冑で顔を隠し、兵士の振りをすれば……」

「それやる！」

　樹里はマーリンの前に跪《ひざまず》き、その手を握った。嫌そうに振り払われたが、構わない。アーサーの近くにいてアーサーを守ることこそ重要なのだ。兵士に化けるなんて面白そうだし、陰ながら見守るほうが敵に正体がばれなくて好都合だ。

「分かっているだろうが神獣は連れていけないぞ。あいつがいたらすぐお前の正体がばれるだろう。お前は前線では絶対に闘うな。お前がするのは治癒だけだ。それが守れるなら、私がひそかに手配しよう」

クロを連れていけないのは痛手だが、マーリンの言う通り、闘いについてきたと知られたらどうなるか分からない。何より怖いのは足手まといになることだ。アーサーに知られず、ひそかに万一の場合に備えたい。

「マーリン、頼む。何でもするから、俺を連れていってくれ」

樹里は大きく頭を下げた。神殿を留守にすることになるが、ひとまずあとのことは考えない。今、重要なのはモルドレッドやモルガン、ガルダからアーサーを守ることだ。モルガンは直接アーサーを殺すことはできないが、モルドレッドにはそれができる。斬られても平気で立ち向かってくる北の部族には何か秘密があるに違いない。北の部族を止めるためにも、アーサーの力が必要だ。

樹里は武者震いした。上手くいくかは分からないが、何があってもアーサーの命を守ろうとマーリンと決意を共にした。


翌昼、アーサー率いる騎士団第一部隊が王都を旅立った。モルドレッドの裏切りで伏せっていたイグレーヌ皇太后やグィネヴィア、城の重鎮たちも見送りに出た。出発前に大神官による祈禱を受け、樹里もアーサーにしばしの別れの抱擁《ほうよう》をした。アーサーは民の声援を受けて、雄々しく出ていったのだ。

　樹里はアーサーを見送ると急いで支度をした。サンにだけは今回のことを打ち明けていて、神の子はしばらく熱を出して伏せっていることにする。サンは樹里が戦場に行くことに大反対だったが、アーサーを守るためと説き伏せた。樹里がいなくなったあとは、クロが部屋の前に居座り、人を通さないようにする。クロは樹里についていきたいようだったが、こんこんと説得すると納得したようだ。前から思っていたが、クロは樹里の言っていることを理解している。これも神獣ゆえか。

　樹里はあらかじめ用意された甲冑を身にまとい、あとから出発するマーリンの従者としてついていくことになった。初めて知ったが、甲冑は重い。動きも鈍るし、ただでさえ苦手な馬に乗るとますます身動きがとれない。けれど従者の身でマーリンの馬に乗せてもらうわけにはいかないし、しばらくの辛抱だ。苦手な剣の練習もしたが、使う機会がないことを祈るしかない。

　甲冑を外さなければならない時に備えて、マーリンから顔が変わる薬をもらっておいた。以前未来に飛んでしまった際に使ったもので、数時間しか持たないが、いざという時には重宝する。

「列を乱すな！　急ぎ参る！」

　第一部隊に追いつくと、騎士団の号令が飛び交っていた。樹里は必死に手綱を握り、マーリンの後ろを馬で駆けた。アーサーは第三部隊と同じく騎馬兵のみでカムランの地を目指している。五日かかる道を四日で行こうとしているので、第一部隊が通り過ぎた街道には土埃《つちぼこり》が舞っている。

「馬を休ませろ!」

馬の限界を見極めて、一日のうちに三度だけ休憩をとった。まだ気温が低いのもあって、歩みを止めた馬の身体からは湯気が立つ。二日目の昼に休憩地に選ばれたのは、森の中だった。小川が近くを流れ、なだらかな傾斜がある。休憩の間、樹里は目立たないように乗っていた馬に水をあげたり餌《えさ》を食べさせたりしていた。マーリンは常に近くにいるが、めったに樹里に話しかけない。不思議なことに同行している騎士も樹里には話しかけてこない。不自然なほど声をかけてこないところから、マーリンが何か術を使っているのかもしれない。

(あー、ケツが痛《いて》ぇ……)

口には出せないが馬に揺られて尻と内股が痛くてたまらない。おまけに顔を隠しているから息苦しいし、食事をとるのも一苦労だ。

休憩をとる騎士たちの奥にいるアーサーをちらりと見ると、地図を片手に騎士団の者と話し込んでいるのが見えた。どこにいてもアーサーは目立つ。見事な金髪のせいかとも思ったが、そうではなくて王者の威厳というか、醸し出すオーラが他の人と違うのだと分かった。生まれつき人目を惹《ひ》く人間というのはいるものだなぁと思いながら干し肉をかじった。

ふいにアーサーが振り返り、こちらに向かって歩いてきた。

どきりとして急いで干し肉を飲み込むと、マーリンの馬を見ている振りをした。正体がばれたかと焦ったが、アーサーはマーリンに用があったようで、地図を見せながらマーリンと話し始める。

(ばれませんように!)

手を伸ばせばすぐ近くにアーサーがいる。内心ドキドキしつつ、樹里は馬のブラッシングに勤しんだ。

「ところで……、見かけない奴がいるが」

アーサーのいぶかしげな声と共に、肩を叩かれた。ひっ、と息を呑み、樹里は振り返った。

「休憩だというのに顔を隠しているのは何故だ? おい、それを外せ」

アーサーは怖い顔で樹里を見下ろし、樹里の兜《かぶと》を無理やり剝ぎ取る。

「……っ‼」

樹里はピンと背筋を立てて敬礼した。今度こそばれたかと焦ったが、樹里の顔を見てアーサーが表情を和らげる。休憩の前に顔を変える薬を飲んでおいたのだ。今の自分はしもぶくれの狸《たぬき》っぽい顔になっている。

「気のせいか。樹里がひそかについてきたのかと思ったが……勘違いだったようだ。さすがにそんな馬鹿な真似はしないか」

奪った兜を樹里に返し、アーサーが呟く。そんな馬鹿な真似をしてすんません。心の中でそう謝り、へこへことお辞儀した。

「こいつはお前の従者か? 見ない顔だが」

アーサーはマーリンに尋ねる。マーリンは軽く肩をすくめ、「ブラウン卿の次男です。戦に参加すれば箔《はく》がつくからと頼まれましたので荷物持ちに」と答える。マーリンのどうでもいいと言いたげな態度にアーサーはすっかり騙《だま》され、樹里に背中を向けた。嘘に関してはマーリンに敵う者はいない。事情を知っている樹里さえ、マーリンが嘘を言っているようには見えなかった。

「ブラウン卿か、遊びではないのだがな」

アーサーは肩をすくめて離れていった。アーサーが見えなくなって、ほーっと一息つく。さすがアーサー。勘が鋭い。顔を変える薬を飲んでいなかったらやばかった。

「念のため、今後休憩の前には必ず薬を飲んでおけ」

マーリンが足元の枝を拾いながら小声で指示する。樹里は分かったと頷いて馬の世話を続けた。


カムランに向かう道は荒れた道が多かった。それでもキャメロット国内とあって、整備された道が続いている。三日ほど馬を走らせた段階で、遠くに尾根が見えてきた。おそらくあの山の向こうに北の部族がいるのだろう。だとすればカムランの村は山の手前、幾筋もの煙がたなびいている場所に違いない。

「第三部隊がカムランについたそうだ」

休憩をとった際に、騎士たちが話しているのが聞こえてきた。

「戦況は思わしくない。どういうことだ？　騎士団に敵うほど北の部族が強かったなんて初耳だ」

「何、我ら精鋭が赴けば、すぐに戦闘は終わる。何しろアーサー王がついておられるのだから。アーサー王はモルガンさえも追い払ったのだぞ」

「そうだ、アーサー王がいれば」

不穏な気配を凌駕《りょうが》したのは騎士たちのアーサー王への信頼だった。アーサーは騎士たちにとって憧《あこが》れの存在だ。

「ランスロット卿がおられればなぁ……」

騎士の一人がぽつりと漏らし、周囲にいた騎士たちもしんみりとした。ランスロットは未だに戻ってこない。こうしている間にも、ひょっとしたらラフランの地に……と希望を抱いているが、王都から遠く離れた樹里たちには確かめる術《すべ》がない。

それにしてもカムランの地では何が起こっているのだろう。ガルダはマーリンほど強い力を持っていない。それでもランスロットを追い詰めたように、モルガンから特別な術を施されて騎士団を苦しめているのかもしれない。

「カムランからの難民が！」

休憩も終わろうかという頃、前方にいた騎士の声が場をざわつかせた。樹里も気になって声のするほうに走った。街道の向こうから、数十名のぼろぼろの身なりの人たちが歩いてくる。命からがら逃げ延びたという様子で誰もが泥だらけで衣服も焦《こ》げたり破れたりしている。

「彼らを保護しろ！」

アーサーの声が響き、難民を迎え入れた。難民はカムラン村の者たちで、騎士たちの分け与え

た パンや果実を、涙を流して貪り食う。逃げ延びたのは総勢三十名ほどで、大勢の老人や子どもが北の部族に斬り殺されたと泣きながら話した。彼らはアーサー王自ら北の部族を倒しに来たと知り、感涙する。

「アーサー王、彼らは人ではありません！　どうか、くれぐれもお気をつけくださいっ‼」

カムラン村の村長であるグレイという中年男性は、青ざめた顔でアーサーにすがりついた。

「人ではない……？」

アーサーは眉根を寄せてグレイを見る。

「真っ黒です、何もかも真っ黒なんです」

グレイは震えながら言った。グレイに同調するように他の村人も頷いている。

「奴らは黒い甲冑に身を包み、大ぶりの剣を持って攻め込んできました……っ、吐く息は臭く、奴らが動くたびに汚い汁が飛び散りました！　まるで怪物のように……っ、いえ、あれこそが本物の怪物、闇の獣です！」

グレイは当時の状況を思い出したのか、ガタガタと身を震わせた。騎士たちは顔を見合わせている。特にアーサーは深く考え込むように口元を手で覆っている。

「マーリン、どう思う？」

アーサーは傍《かたわ》らに寄り添ったマーリンに話しかけた。

「北の部族は黒い甲冑などつけていなかった。もしかすると北の部族ではない可能性もあるのではないか？　北の部族であれば、バーナード隊が倒せないはずがない」

アーサーは鋭い目で呟く。

「その可能性も考慮せねばなりません。ガルダはどこから兵を調達したのか……」

マーリンはカムランの村に視線を向ける。

「人間ではない可能性はあるか？　モルガンが特別な術を使って作った兵士という……」

アーサーは小声でマーリンを窺《うかが》う。騎士たちを動揺させないためだろう。マーリンの背後にいた樹里にはかろうじて聞こえたが、他の騎士には聞こえなかったようだ。

「依《よ》り代《しろ》もなしに大勢の兵を作るのはいくらモルガンでも無理かと。たとえば私は一本の枝を自分そっくりに作ることができますが、それでも難しい作業はできません。誰かと闘うのはまず無理です。戦闘の場合、歩いたり剣を振ったり敵を見極めたりと多くの作業が伴います。それをたくさん作るのは容易ではないはず。ガルダという魔術師がいても、そこまで統率のとれた行動ができるかどうか……」

マーリンは顎《あご》を撫でながら言う。現状を確かめないことには埒《らち》が明かないので、アーサーは難民にいたわりの言葉をかけて進軍することにした。彼らは近くの村に身を寄せ、戦況を見守ることになった。皆、カムラン村に帰りたいようだ。

「依り代……」

馬を繋いでおいた場所まで戻ったマーリンがうろんな眼差しで呟いた。樹里は嫌な予感がして落ち着かなかった。この先で起きている得体の知れないものを見たくなかった。はっきりとは分からないが、この先へ行ってはいけない気がする。できるならアーサーを止めたい。

（う……）

動揺したせいか、急にお腹《なか》が痛くなってきた。手綱を解く途中で樹里は腹を押さえてしゃがみ込んだ。今まで腹痛が起きたことなどなかったので、不安でいっぱいになる。まさか腹の子が……と血の気が引く。

「大丈夫か？　おい、こんな場所で何かあっても、私にはどうもできないぞ」

マーリンがさりげなく樹里の肩を抱き、囁《ささや》く。珍しくマーリンの声が心配げで、樹里は弱々しく笑った。

「平気。ごめん、ちょっと腹が痛くなっただけ……」

じっとしているうちに痛みは消えた。そのことに安堵して、樹里はふらりと立ち上がった。マーリンの顔に連れてくるんじゃなかった、という色が浮かんでいる。ここに来るのを選んだのは自分だ。マーリンに心配をかけてはいけない。そう自分を奮い立たせ、樹里は馬に跨《またが》った。

カムラン村が近づくにつれ、樹里はじっとりと脂汗を掻いていた。この先何が起こるか分からないのに、先ほどからずっと腹痛が続いている。いくつか薬は持ってきたが、腹痛は想定外で腹痛の薬はない。動けないほどの痛みではないが、身体の内部から針でちくちく刺されているみたいだ。

行きたくないのに騎馬兵のスピードがすごくて、否応《いやおう》なく全力で走らされる。太陽は沈みかけていて、あと一刻も保《も》たないだろう。アーサーはそれまでにカムランの村に辿り着くつもりだ。

(なんでこんなにカムランの村へ行くのが嫌なんだろう。まるで誰かに止められているような……)

まさか腹の子が、と考えて馬鹿馬鹿しいと否定した。きっと慣れない進軍のせいだ。いつもは馬車で守られていたが、今回はクロもいないし精神的に不安になっているのだろう。

「カムラン村が見えてきたぞ！」

前方を走っていた騎馬兵が叫び、樹里はハッとした。火事が起きているのか黒い煙が辺りを覆っている。咆哮と馬のいななき、剣のぶつかる音が徐々に近くなる。小高い丘に点々と石造りの家があって、その合間に黒い甲冑に身を包んだ不気味な剣士とキャメロット王国の騎士団が剣を交えている。

「アーサー王がおいでになったぞ！」

騎士団第一部隊の姿を確認して、戦場にいた騎士が角笛を吹く。

「応援だ！　味方の応援が来た！」

ぼろぼろの姿で闘っていた騎士たちが喝采を上げる。

「お前はどこかに身を潜めていろ。絶対に闘いには参加するなよ」

マーリンは樹里の馬に近づき、小声で言った。樹里も闘うつもりはなかったので頷いてしんがりについた。

「アーサー王！　敵は人にあらず！　首を切り落として下さい！」

第三部隊隊長のガラハッドがアーサーに向かって大声を上げた。騎馬兵が次々とカムラン村に突進していく中、樹里は馬を降り、崩れかけた石造りの家に飛び込んだ。家の窓は大きな岩でもぶつかったみたいに穴が空いている。樹里は石壁に隠れ、戦況を盗み見た。すでに着いていた第三部隊の兵は半分ほどしか見当たらなかった。地面に倒れたまま動かない者も多い。倒れているのは騎士団の者ばかりだ。敵の死体が見当たらないのは何故だ？

「こいつらは、なんだ⁉」

敵と剣を交えたアーサーが、信じられないというように叫んでいる。樹里は必死に目を凝《こ》らした。アーサーと剣を重ねている黒い戦士には、左腕がなかった。それなのに平然とアーサーと剣で渡り合っているのだ。

「う……っ」

樹里は異臭に耐えられず鼻を手で覆った。この村に着いた時から、耐えがたい異臭を感じている。しかも地面は汚泥に覆われている。

アーサーが剣で斬り合っていた剣士の首を刎《は》ねる。兜ごと飛んでいった首は地面にぐしゃりと落ちた。驚いたのはその後だ。首がなくなったとたん、アーサーと闘っていた剣士が泥と化したのだ。いや、泥ではない。かつては人間だったもの——それが腐って溶けていったのだ。

「アーサー王！」

マーリンがアーサーの元に馬を走らせる。騎士たちはこの異様な敵に戸惑っている。それでも指示通り敵の首を刎ねて、動きを止める。第三部隊がおおむね倒したのか、残っていた黒い剣士は次々と首を刎ねられて泥へ変わっていく。

「敵の正体が分かりました、こ、こいつらは……、確かに北の部族……っ」

馬から降りて泥の正体を確認したマーリンは、声を引《ひ》き攣《つ》らせた。マーリンの顔が遠目からも青ざめているのが分かる。

「これが北の部族だと!? 何を馬鹿な……っ」

アーサーは馬上から困惑した声を上げる。

「いいえ、元は北の部族です。北の部族は災害によって大勢命を落とした……あの報告は間違っていなかったのです。モルガンは……、死体を依り代として兵士を作り上げた……!!」

マーリンの悲痛な叫び声に、その場にいた騎士たちが呆然とした。死体を依り代として兵士を作った——その非道極まりない魔術に、樹里は声を上げることもできなかった。そういえば、カムラン村の者が言っていた。敵の兵士は斬っても斬っても倒れず向かってくる、と……。すでに死んでいたから、首を刎ねられない限り、延々と向かってきたわけだ。

「アーサー王、彼らの首を刎ねない限り動きが止まらないと気づいたのは我が軍が多大な犠牲を払った後です。この先に怪我人を集めておりますが、多くの者が……、バーナード卿も……」

ガラハッドは馬を降りてアーサーに肩を震わせて報告する。アーサーは唇を嚙み、地面に転がった遺体を見つめた。カムラン村に残っていた異形の兵士は、アーサー率いる第一部隊の到着ですべて倒された。犠牲は大きかったが、これで終わり——そう思った刹那《せつな》、土煙を上げて近づく一団があった。

「アーサー王！」

マーリンの鋭い声が響く。馬から降りていた騎士たちが慌てて飛び乗り、剣を構える。樹里は近づいてくる一団を見て、身体を強張らせた。

先頭を走るのはモルドレッドだった。そしてその隣には、ガルダがいる。モルドレッドは数百名の兵士を率いていた。黒い甲冑を身にまとった異形の兵士——よく見れば子どもや女性としか思えない兵士もいる。すべて災害によって亡くなった人——モルガンの容赦ない魔術に、樹里は血の気が引いた。

「モルドレッド！　貴様！」

アーサーの声が空気をびりびりと震わせた。アーサーはモルドレッドを目だけで射殺すかのような迫力だった。全身で怒りを表し、剣先をモルドレッドに向ける。

「人であることもやめたか！　我が臣下の命を奪った罪は贖《あがな》ってもらう！　貴様に情けをかけたのがそもそもの間違い、この場で一思いに死なせてやる！」

アーサーはぎらついた目でモルドレッドに怒鳴った。対するモルドレッドは狂気にとり憑《つ》かれたような笑みを浮かべた。

「兄上、私は失いかけていた夢を取り戻したのです。私こそがキャメロット王国にふさわしい王、あなたを殺して、私がキャメロットの王座に返り咲きます」

モルドレッドはすっと手を上げて恍惚とした表情になった。

「あなたが強くても、どこまで持ちますか？　私の兵士はとても強い……、どれだけ斬られようと痛くも痒《かゆ》くもないのですから……」

　モルドレッドがアーサーに向かって指をさす。

「さぁ、行け！　我が暗黒軍団よ！」

　モルドレッドの合図で、それまで突っ立っていた異形の兵士が走りだした。いっせいに黒い塊《かたまり》が動き出したさまは、悪夢そのものだった。アーサーは「迎え撃て！」と叫び、馬を走らせる。騎士たちがアーサーに倣《なら》って馬を走らせ、「おおおお！」と突進していった。

　黒い兵士と騎士団が中央でぶつかり合った。アーサーは目を見開き、大ぶりの剣で黒い兵士の首を次々と刎ねていく。アーサーの剣は力任せに敵を葬る。他の騎士たちもアーサーに続き黒い兵士の首を刎ねるが、馬にしがみつかれると体勢を崩し、悲鳴を上げながら地面に崩れていった。騎士たちは強かったが、相手の数が多かった。しかも剣を突き刺してもまるで応《こた》えた様子がない。

（こんな……）

　樹里は絶望的な気分になっていた。こんな戦場は見たことがなかった。確かに闘っているのに、悲鳴や雄叫《おたけ》びは騎士団からしか聞こえてこないのだ。黒い兵士は操られた人形のように騎士たちを襲うだけで、闘っている騎士たちはぜんぜん手応えがないだろう。

（こんなことって……）

　樹里はこの状況をどうすれば打開できるのか必死に考えた。モルドレッドは闘いの場から離れ、ガルダと余裕の態度で戦場を見ている。ガルダが何か術を使っているのであれば、ガルダを止めることでこの闘いは収まるかもしれないと考えたが、ガルダは傍観しているだけで、呪文を唱えている様子も歌っている様子もない。この大掛かりな魔術はモルガンが発動したもので、ガルダたちはそれを見ているだけなのだ。

「アーサー王、お下がりください！」

マーリンは敵の足を止めようと術を懸命に施しているが、数が多すぎてなす術がないようだった。一人で敵を蹴散らすアーサーをなんとか前線から下がらせようとしている。というのも、黒い兵士はアーサー目がけて集まっているのだ。モルガンはアーサーの命を奪おうとしている。いくらアーサーが強くても、休む間もなく敵に狙われるのは、危険だった。しかも敵は死ぬとその場で泥となる。アーサーを乗せた馬がその泥に脚をとられ、体勢が崩れた。

「アーサー王！」

近くにいたガラハッドが悲鳴を上げる。樹里も隠れていた場所から飛び出しかけた。だがアーサーは馬から落ちてもすぐさま降りかかる剣を薙《な》ぎ払《はら》い、周囲にいた敵を数人ふっ飛ばした。

（落ち着け、馬鹿！　俺が出ていっても何もできない。俺はアーサーが本当に危ない時に必要なんだ、その前にモルドレッドやガルダに見つかったら、身を隠していたのが水の泡だ）

樹里はアーサーに駆け寄りたい気持ちをぐっと堪《こら》えた。薬の効力が切れて、今、樹里は素の顔になっている。見つかってはいけない、我慢しなければと唇を噛んだ。

「よくねばるなぁ、さすがは兄上。でもこれはどうでしょう」

モルドレッドは高笑いをしながら肩にかけていた弓矢を構えた。樹里は驚いてモルドレッドを凝視した。モルドレッドが放とうとしている矢じりの先に奇妙なものが見えたのだ。何か書かれた羊皮紙のようだ。

(一体何をしようと⁉)

樹里はアーサーを振り返った。アーサーに群がる黒い兵士の中に、甲冑をつけずに近づいている女性の姿が見えた。すでに全身が黒ずんでいて、他の兵士と同じく死んでいることが分かった。女性は何か籠《かご》のようなものを腕に抱えている。

モルドレッドが矢を放った。

矢はまっすぐに籠を抱えた女性の背中を突き刺した。とたんに矢を打たれた女性の身体がどろりと溶け始めた。女性の手から籠の中身がこぼれ、中に身を潜めていた長い身体を持った生き物が飛び出した。

あれは――。

「アーサー‼　そいつから離れろ‼」

樹里は壁から飛び出して大声を上げた。アーサーがハッとしたように身を硬くする。籠から飛び出したのは黒い大蛇だった。ただの大蛇ではない、赤く光る双眸《そうぼう》を持ち、前脚のある生き物――樹里はそれを見たことがあった。間違えて未来に飛んだ時、キャメロットの民を苦しめていたモルガンの魔術によって生み出された化け物だ。

黒い大蛇はアーサーに飛びかかり、その腕に巻きついた。

「く……っ‼」

アーサーが引き剣がそうとすると、牙をむき出しにしてアーサーの兜に食らいつく。アーサーの兜が壊れ、次の瞬間、黒い大蛇が首に嚙みつくのがはっきり見えた。樹里は悲鳴を上げて全力で駆けた。敵が大勢いると分かっていても、アーサーの元に駆けつけずにいられなかったのだ。走っているうちに兜が脱げて、樹里の顔が露《あらわ》になる。

「アーサー王！　樹里、来るな！」

マーリンが大蛇の正体に気づいて大声を張り上げる。走ってくる樹里に気づいて、騎士たちが「何故神の子が!?」「どうしてここに!?」と口々に驚く。それはモルドレッドとガルダも同じだった。

「はは、ははは！　こんなところまで来るとは、あのお方の言っていた通りだ！　神の子よ、これは運命か！」

モルドレッドが上擦った声で高笑いする。その意味を気にしている暇はなかった。樹里は大蛇に嚙まれてのたうち回るアーサーしか目に入らなかった。

「どけ！　お前ら、どけよ！」

アーサーに駆け寄ろうとした樹里の前に、黒い兵士たちが立ちふさがる。持っていた剣で振り払おうとしたが、相手の剣によってふっ飛ばされた。

「アーサー王！　誰か樹里を！」

アーサーに襲いかかる黒い兵士を術で倒しながら、マーリンが怒鳴る。黒い大蛇に嚙みつかれ、地面を転がるアーサーが心配ですぐさま起き上がった樹里は、目にした光景に息を吞んだ。

アーサーは自分の首に食らいついた大蛇の口に手を突っ込み、素手でその身体を引き裂いていた。黒い血が周囲に飛び散り、大蛇が断末魔の悲鳴を上げる。その恐ろしいまでの強さに樹里は唇を震わせた。

「樹里、何故ついてきた⁉」

アーサーは樹里をまっすぐ見つめ、胴震いする声で怒鳴った。一瞬怯《ひる》んだものの、アーサーが力尽きたようにその場に崩れたので、慌てて走りだした。騎士たちが樹里を守るように黒い兵士を薙ぎ払う。

「神の子を守れ！」

騎士に守られ、樹里はアーサーの元に辿り着こうと必死だった。マーリンが術でアーサーの周囲に群がる黒い兵士を足止めしている。もう少しなのに、近づこうとすると黒い兵士が次から次へと現れ、距離が開いていく。

「アーサー‼」

アーサーは血の気を失った顔で地面に倒れていた。大蛇を殺したとはいえ、その毒を受けたのだ。早く助けないと、本当に死んでしまう——。あと少しなのに、どうしても近づけない。

誰か、助けてくれ——そう神に祈った瞬間、聞き慣れた声と馬の駆ける足音が響いた。

誰もが思わず背後を振り返っていた。騎士団のマントをなびかせ、風のような速さで駆けてくる騎士がいた。

「アーサー王‼　今、助けに参ります‼」

その騎士こそ、ランスロットだった。ランスロットが鬼気迫る勢いで剣を振り上げていた。どこから現れたのか、まるで救世主のように——。その手に握られていたのは妖精の剣だ。

「うおおおお!!」

ランスロットは愛馬と共に戦場に突進し、妖精の剣を大きく振った。とたんにその突風を受けた黒い兵士が一瞬で泥と化した。妖精の剣の光が、黒い兵士をただの泥にしたのだ。

「ランスロット卿!」

「ランスロット卿が戻ってきた!!」

ランスロットの登場に騎士たちが喝采を上げる。ランスロットは妖精の剣でその場にいた黒い兵士を次々と地面にねじ伏せた。樹里は呆然としてそのさまを眺めた。戦況は一気に逆転したのだ。

「クソ……ッ」

形勢不利と見て、モルドレッドが身を翻す。ガルダも眉根を寄せてそれに続く。二人を乗せた馬が離れていくのを尻目に、樹里はようやくアーサーの元へ行くことができた。

「アーサー!!」

樹里は倒れたアーサーの手を握った。ランスロットが恐ろしい勢いでその場のすべての黒い兵士を一掃した。アーサーは苦しげに呻《うめ》いている。樹里はアーサーの首から徐々に黒い部分が広がっていくのを見て、恐怖に囚われる。大蛇の毒が、確実にアーサーを蝕《むしば》んでいる。

「アーサー王……ッ、樹里、できるか!?」

よろめくようにマーリンが膝をつき、樹里に問い質《ただ》す。樹里は自然とあふれてきた涙をアーサーの身体に落とした。すると、アーサーの負った傷がみるみるうちに治っていった。だが——なんということだろう。大蛇から受けた毒だけは、どうしても取り除けなかった。

「なんで……!?　なんで、治らない!?」

樹里はショックでぼろぼろと涙を流した。剣や矢で受けた傷は治るのに、どうしても大蛇の毒が癒せない！　それは黒い染《し》みのように嚙まれた首から身体中に広がっていく。

「……この、馬鹿、もの……。何故、ついてきた……？」

アーサーの閉じていた瞼《まぶた》が開き、苦しげに言う。アーサーの顔に脂汗が滲《にじ》み、顔色は真っ白だ。

樹里は何も言えずに震えた。自分ならアーサーがピンチの時に怪我《けが》を治すことができると思った。地下神殿で治したように、アーサーを救えると。それなのに、アーサーは苦しみから解き放たれていない。

——アーサーを助けられない。

「アーサー王……ッ、私がもっと早く駆けつけていれば……っ」

ランスロットが強張った顔でアーサーの前に膝をついた。

「アーサー王……、そんな……まさか……」

ガラハッドがわななないて剣を落とす。アーサーの周りに騎士が集まり、誰もがショックで呆然としていた。敬愛する王が死にかけていることを受け入れられずにいた。

樹里は頭が真っ白になっていた。まさかアーサーは死んでしまうのか。嘘だ。こんなことはありえない。アーサーがこんな場所で死ぬはずない。そんな物語の通りに……。こうなると分かっていたら、何が何でもアーサーを止めるべきだった。せめてランスロットが戻るのを待っていたら。脳裏に次々と自分が選んできた間違った道が浮かび上がっていく。

樹里はひらめいたことがあって、マーリンのマントを摑んだ。

「マーリン！　時渡りの術を使えないのか⁉　時渡りの術で、カムラン村に来る前のアーサーに会って、アーサーを止めて……‼」

思いついたアイディアに樹里は目を輝かせた。次元を超える術を使えるマーリンなら、この事態を回避できるのではないかと思ったのだ。

けれどマーリンは苦しげに首を振る。

「時渡りの術は……使えない。起こってしまったことは、変えられないのだ」

樹里は鼓動が速まった。

「時渡りの術で行ける場所は自分の知らない次元に限っている。モルガンが呪いをかけた時に戻って阻止しようとしたが、できなかった。それ以外にも、何度やっても過去を変えることはできなかった……。起きてしまったことは、二度と取り返しがつかぬのだ……」

マーリンがうなだれて吐き捨てる。そんな……。樹里は深い衝撃を受けて固まった。当たり前のことなのに、魔術でこの状況を変えることができるのではないかと思い違いをした。マーリンの言う通りだ。やり直しのできる人生などない。

だとしたら——アーサーはここで死んでしまうのか。

「待て、モルガンの魔術だ、何かの術式が視《み》える……‼　私の知らない術式……‼」

アーサーの身体に広がる黒い染みを睨《にら》みつけ、マーリンが喚《わめ》く。術式……？　マーリンの言葉に樹里はハッとした。考えろ、何ができるか、考えるんだ。まだアーサーは死んでいない。本当に死んだと分かるまで、諦めてはいけない。

樹里はアーサーの首から広がる黒い染みを凝視した。すると不思議なことが起きた。

アーサーの身体に絡み合う黒い紐《ひも》が見えたのだ。

以前にも見たことがある。ケルト族の村で、意識の戻らなかった女性や子どもに糸が見えた。それを取り除くと彼らは正気を取り戻した。

「マーリン、俺……できるかも」

樹里は涙を拭《ぬぐ》って呟いた。

右手が熱くなる。樹里は熱を持った右手をアーサーの首筋に当てた。その熱で糸を焼き切るようにする。

「おお……」

アーサーの身体に広がりつつあった黒い染みが、逆再生するように消えていく。アーサーを覗き込んでいた人々の口から感嘆の声が漏れ、樹里の手元に視線が注がれる。樹里は真剣な表情で黒い糸を焼き切ろうとした。

あと少しでアーサーの身体からすべての黒い染みが消える——そう思った瞬間、アーサーの首の傷から黒い液体が飛び出してきた。避ける暇はなかった。黒い液体は黒い蛇となり、樹里の右手に牙を立てた。

「な……っ⁉」

樹里とマーリンが同時に叫ぶ。黒い蛇は樹里の右手に噛みついて生き血を吸う。とっさにマーリンがその黒い蛇を杖で刺し殺した。黒い蛇はマーリンの杖に刺され、灰となった。樹里は悲鳴を上げて自分の右腕を震わせた。傷口から黒い染みが広がっていく。アーサーを殺しかけた黒い染みが、今度は樹里の中に入ってきたのだ。

「馬鹿な……っ」

マーリンは布地を取り出すと、樹里の甲冑を剝がし、右の二の腕を縛り上げた。血液を止めたせいか、黒い染みの広がる速度は遅くなった。だがじわじわと毒は手から這い上がってくる。

「う……」

毒が消え、意識を取り戻したアーサーが呻き声を漏らしながら身を起こした。アーサーは樹里が右腕を押さえて地面に倒れ伏すのを見て、瞬時に状況を理解した。

「樹里！　どうしてお前が……っ⁉」

アーサーが青ざめた顔で樹里を抱える。

「樹里、早く自分の身体から毒を取り除け……っ！」

マーリンが樹里を揺さぶって怒鳴る。

樹里ももちろんそうしたかった。だが……できないのだ。

「どうしよう……、できねーよ……、み、右手が……動かない」

アーサーの糸を焼き切った右手が、ぴくりとも動かないのだ。右腕に広がっていく黒い染みの糸は見えるのに、焼き切るための右手が使えない。左手で必死にやろうとしても、左手ではできないのだ。

「樹里っ！」

アーサーが悲痛な声を上げる。黒い染みはどんどん広がり、もう肘から先は動かなくなっている。まさかアーサーの身体から取り出した毒が、自分に向かってくるなんて思いもしなかった。

緊迫した空気をかき乱すように、笑い声が聞こえてきた。

「やはりあのお方はすごい。神の子、どうして兄上を襲った大蛇の魔術があなたに解けたかお分かりですか？」

少し離れた小高い丘にモルドレッドがいた。馬上からこの状況を見物していたのだ。樹里は怯《おび》えて顔を上げた。

「あなたがその魔術を解き、あなたが毒を受けるためです。これであなたもろとも腹の子は死んでしまうでしょう。仮にあなたがいなければ兄上が死ぬだけのこと。どちらでもあのお方にとっては良い結果となるわけです」

モルドレッドは手綱を引いて微笑んだ。

「兄上の死にそうな顔が見られて大変面白かった。では私はこれで」

ほくそ笑むモルドレッドが背中を向けた瞬間、立ち上がったアーサーが地面に落ちていた槍《やり》を渾身《こんしん》の力で投げつけた。槍はまっすぐモルドレッドの身体を背中から貫いた。肉に深く食い込む音が、辺り一帯に響いた。アーサーの恐ろしいまでの腕力が、モルドレッドを仰《の》け反《ぞ》らせた。

「ば、馬鹿、な……」

自分は安全な場所にいると思っていたのだろう。モルドレッドは何が起きたか分からないといった表情で落馬した。そしてそのまま永遠に起き上がることはなかった。

「マーリン、何か手はないのか⁉ なければ俺は今すぐ樹里の右腕を斬り落とす！」

アーサーが険しい形相で叩きつけた。樹里の右腕の黒い染みは徐々に縛り上げた二の腕に近づいている。アーサーは毒を受けた右腕を斬り落とし、樹里の命を救おうとしている。

「それは危険な賭けです。出血多量でそのまま死ぬかもしれない……。アーサー王、私にはこの術は解けない……、どうすればいいか判断できません」

マーリンは樹里の額に浮かんだ汗を拭い、沈痛な面持ちになった。

「神の子……」

「アーサー王を助けて……そんな……」

騎士たちが膝を折り、樹里のために祈り始める。樹里は息苦しさに胸を喘《あえ》がせた。アーサーを襲った毒がこんなにつらいものだとは知らなかった。視界が薄暗くなっていき、脈拍は速まり、右腕の感覚が消えて身体が冷たくなっていく。

もしかして自分は本当に死ぬのだろうか。

そんな思いに囚われ、恐怖を感じた。アーサーを助けたい一心でここまで来た。その挙げ句自分が倒れるなんて……。けれど後悔はない。アーサーを助けることができたのだから。

「何か、何か手があるはずだ！　樹里……っ、こんな場所で死ぬなど許さない！　誰が助けろと言った⁉　絶対についてくるなと言ったはずだ‼」

アーサーは我を忘れて怒鳴り散らしている。アーサーの腕に抱かれ、樹里は自分の呼吸が浅くなっていくのを感じた。

「最後の賭けに出る！　樹里、お前の右腕をもらい受ける、マーリン、俺が右腕を斬り落としたらすぐに止血をしろ！　他の者は樹里を看護する場を！」

アーサーは剣を握って指示を始めた。

（マジで俺の右腕斬る気かよぉ……）

薄れゆく意識の中、樹里は妙に笑えてきて唇を震わせた。なんて思い切りのいい男だろう。自分が反対の立場だったら、絶対にできない。だからこそ自分はアーサーが好きで、こんな場所までついてきてしまったのだ。

「アーサー王！　お待ちください！」

アーサーが剣を振りかぶった刹那、ランスロットの声がそれを止めた。同時に遠くから光が迫ってくるのが分かった。

「おお、あれは……」

周囲のざわめきが大きくなる。樹里は重い瞼を無理やり開けた。東の方角から飛んできた光は、まっすぐに樹里たちの前にやってきた。近づくにつれ、それは白い一角獣だと分かった。そして乗っているのは、金色の光を放つ存在、妖精王だ。

「妖精王！」

「妖精王が‼」

樹里はマーリンの腕に抱き起こされ、妖精王の光を浴びた。妖精王は険しい表情で樹里の前に来ると、長い髪を振り払った。

「なんと穢《けが》れた地よ……。長くいると我の力が失われていく……。アーサー王、我は神の子と約束を交わした。ゆえにやってきた。神の子の腹にいる子を取り出すために」

妖精王は一角獣から降りようともせず、アーサーに向かって告げた。妖精王の二重にも三重にも聞こえる声が、樹里の苦しみを一時和らげる。

「ど、どういうことです⁉　妖精王、樹里を助けに来てくれたのでは⁉」

アーサーは顔を顰《しか》め、妖精王に声を荒らげた。他の騎士が跪く中、アーサーは噛みつかんばかりの勢いで妖精王に言い募る。

「樹里は毒を受け、死にかけている！　妖精王、あなたのお力で樹里を助けてください‼」

取り乱すアーサーに対して妖精王は眉一つ動かさなかった。

「我が約束したのは、神の子の腹に宿る子を無事にこの世に生み出すことのみ。本来まだ産み月ではないのだが、神の子が死にかけているので使いの者ではなく我が急ぎ参った。そなたには悪いが、この穢れた地で神の子を救うことは我にもできぬ」

妖精王の声が響き、絶望がこの場を支配した。誰もがうなだれ、涙を流し始める。樹里の中に生まれた希望も瞬時に消えた。妖精王なら自分を助けられるのではないかと思ったが、そう都合よくいくわけではないと分かったからだ。それでも妖精王は樹里の腹の子は助けてくれると言った。もうそれで十分じゃないか——樹里は頭の隅でそう考えた。アーサーは聞き分けの悪い子どものように、持っていた剣を地面に突き刺し、首を振った。

「認めない！　俺は樹里を失いたくない!!」

アーサーの激昂《げっこう》が樹里の肌に痛いほど伝わってくる。

「アーサー。こうしている間にも腹の子に毒が回るやもしれぬ。腹の子がいなければ、お前はキャメロットの呪いを解くことはできないのではないか？　神の子がいなくとも呪いは解けるはず。お前に問おう、キャメロットの王アーサー」

妖精王が凜《りん》とした眼差しでアーサーを見下ろした。

「神の子と腹の子、どちらか片方しか救えないとなれば、そなたはどちらを選ぶのか？」

妖精王のもたらした問いは、アーサーを慄然とさせた。その場にいた者すべてが固唾《かたず》をのんで、アーサーと妖精王を交互に見る。

なんて残酷な質問をするのだろう。

王家の子として生まれ、キャメロット王国を率いる立場にいるアーサーにとって、考えるまでもない質問だ。

樹里はアーサーを見つめた。アーサーは怒りの形相で妖精王を睨みつけている。

「アーサー……、この国を救うんだろう……？」

樹里は息苦しさを堪えて吐き出した。思えば地下神殿でアーサーとマーリン、ランスロットにこの国にかけられた呪いを解くための武器が与えられた。そこに自分がいなかったのは、必要ないからだ。必要なのは三人だけ。そしてこの腹の子ども。樹里はいなくても、この国を救うことはできる。

「俺とこの国を比べるなんてしないでくれよ……」

妖精王の前で口を引き結んでいるアーサーがつらくて、樹里は目を潤ませた。アーサーにとっては何よりも国が大事なはずだ。間違っても自分とは言わないと思うが、それでもはっきり言えないアーサーの苦しみを思ってつらかった。

死ぬのは怖いが、それ以上に怖いのはアーサーがアーサーでなくなってしまうことだ。大好きなアーサーが自分のために価値観をひっくり返してしまうことはあってはならない。

「妖精王、愚問だ」

アーサーが顔を引き締めた。

そして、樹里が思ってもみない返答をした。

「俺はどちらも救う。どちらも失いはしない‼　あなたが助けてくれないのであれば、俺は今すぐ樹里の右腕を斬り落とし、毒から樹里を守る‼」

アーサーが声を張り上げて宣言する。妖精王の目が見開かれ、一角獣がいななかいた。樹里はびっくりしてアーサーを見つめた。一瞬、アーサーの身体が光り輝いたような気がしたのだ。樹里だけではない、マーリンもランスロットも騎士たちも、アーサーの凛とした佇まいに打たれたように息を呑んだ。

妖精王はじっとアーサーを見つめ、その口元を弛めた。笑ったのだろうか？　樹里は妖精王と目が合った。

妖精王は静かに一角獣から降りると、樹里の前に立った。妖精王の手が頭の上に乗せられる。そこから暖かな光が身体中に降り注いできた。

「神の子の身体の機能を一時止めた」

妖精王の手が頭から離れ、樹里は驚いた。黒い染みは二の腕のところで止まっていた。右腕の感覚はないが、息苦しさからは解放された。

「この力はもって三カ月だ。神の子の毒を取り払うにはモルガンを倒さねばならない。アーサー、三カ月の間に、そなたにそれができるか？」

アーサーの目に強い光が宿った。

「命に代えても成し遂げる！」

アーサーの力強い声に妖精王は深く頷いた。続いて妖精王は樹里の腹に手をかざした。腹が異様に熱くなったと思う間もなく、光の塊が妖精王の手に引っ張られて出てくる。眩しくて目を開けていられない。妖精王は樹里の腹から光る塊を取り出すと、大切そうに腕の中に抱えた。

「神の子、お前の腹の子は我の棲《す》む光の庭で育てよう。このままお前の腹にいたら、栄養が行き渡らず死ぬ運命にあるからだ。分かっておるな？　腹の子がいなくなった今、モルガンはお前を簡単に殺せる。一つしかない命を大切にせよ」

妖精王の憂いを帯びた眼差しに樹里は胸が熱くなった。あの腕の中の光り輝くものが自分の腹にいたのか。にわかには信じられないが、妖精王ならきっとこの国の呪いを解く子どもを育ててくれる。

「ありがとう……ございます」

樹里はマーリンに支えられて起き上がり、頭を下げた。感謝でいっぱいだった。今度は嬉しくて涙がこぼれ出る。

「妖精王、感謝する。この恩は必ず……!! どうか、どうか……」

アーサーは妖精王の前に跪き、両手を組んだ。

「ここは穢れている。我はもう行く」

妖精王は再び一角獣に跨り、空に駆け上がっていった。

光り輝くその姿が遠ざかると、どっと歓声が沸いた。アーサーが樹里を抱きしめると、騎士たちが肩を抱き合い、駆け寄ってくる。誰もが最悪の事態を免《まぬか》れたことに歓喜し、アーサーと樹里が生きながらえたことを祝った。

「樹里……っ」

アーサーはきつく樹里を抱きしめた。樹里は右腕が使えなかったので、左腕だけでアーサーを抱きしめ返した。アーサーの胸に抱かれ、助かったのだと目尻から涙をこぼした。樹里の身体を抱くアーサーの手が震えている。妖精王と渡り合う中、アーサーがどれほど心を痛めていたか理解できた。

三カ月の猶予を与えられた。この場で死ぬはずだったことを考えれば、ありがたくて涙が出る。

こうしてアーサーを抱きしめる身体が残っている。

「生きた心地がしなかった……っ、もう駄目だと思ったぞ」

アーサーは樹里の頭を抱え、くしゃくしゃの笑顔を見せた。泥だらけの顔には涙が浮かんでいた。アーサーが自分を思って泣いたことにまた涙があふれてきて、樹里は肩を震わせた。

「まったくです、こんな綱渡り……」

マーリンは脱力したのか地面に座り込んでいた。冷静なマーリンにすら、この状況は過酷だった。

「だが、しのいだ……。敵の奸計《かんけい》をしのぎきったのだ。我らは必ずモルガンを倒す。倒さねば、我らの未来はない……」

アーサーは目を閉じて呟いた。そして拳《こぶし》を突き上げて咆哮《ほうこう》する。

「必ずモルガンを倒す!!」

アーサーの声に合わせて騎士たちが「アーサー王のために！　キャメロットのために！　神の子のために！」と拳を突き上げる。騎士たちの高らかな声が長く続いた。樹里はアーサーにしがみつき、その轟きに身体の奥から力が湧き起こるような気がした。

三カ月――決して長い期間ではない。その間にモルガンを倒すことができるのだろうか？　だが、アーサーなら成し遂げる。アーサー王なら、きっと。

樹里はアーサーの胸に顔を埋《うず》め、そう信じるだけだった。

樹里たちはカムラン村の東にある湖の傍に天幕を張った。すでにそこには大勢の負傷者がおり、まともに動ける者は少なかった。けれどアーサーたちが敵を一掃したことを知ると、騎士たちは涙ながらに喜んだ。樹里は重い甲冑を脱ぎ、アーサーに支えられて天幕に落ち着いた。アーサーは樹里をぎゅっと抱きしめる。

「樹里……お前が生きていて本当によかった。こうして抱きしめる身体があるということがどれほど幸運なことか……」

アーサーは大きな身体の中に樹里を抱き込み、何度もキスをした。樹里もアーサーの顔中にキスを返し、そっと寄り添った。

そしてマーリンの淹《い》れてくれた薬湯を飲むと、改めてアーサーは目を吊り上げた。

「何故ついてきた⁉ ブラウン卿の次男とはお前のことだろう！ 怪しいと思っていたんだぞ‼ 俺を騙したな⁉ 王である俺を‼」

頭ごなしに怒鳴られて、樹里はアーサーからパッと離れて敷布に正座した。先ほどまでは甲斐《かい》甲斐《がい》しく樹里を労っていたアーサーだが、打って変わって鬼の形相だ。

「すんません……」

返す言葉もなく、樹里はしょぼくれた。

「マーリン、お前もだ！ そこに並べ！ 俺を騙しただろう⁉」

アーサーは天幕の隅で気配を消していたマーリンにも怒鳴りつける。マーリンは苦虫を噛み潰したような顔で樹里の隣に正座する。

「お言葉ですが、アーサー王。今回、樹里がいなければ私はあなたを失っていました。己の判断に間違いはなかったと……」

「そういう問題じゃない！」

口答えするマーリンをアーサーがぴしゃりと遮る。怒られるのが自分だけじゃないのは助かると、樹里はマーリンににこっと笑いかけた。マーリンが嫌そうに顔を背ける。

「でもさ、アーサー。アーサーが心配でこっそりついてきちゃった俺の気持ちも考えてくれよ。ほらアーサーだって反対の立場なら、そうしただろ？」

何とかアーサーの怒りを和らげようと、樹里は愛想笑いを浮かべた。

「俺は俺以外の何者にもなれない！　反対の立場など考える必要ない！」

アーサーは怖い顔で樹里の言い分を撥《は》ね退《の》ける。まさにそうだったと樹里も苦笑した。

「結果としてよかったようなものの……っ、俺は怒っているんだぞ！　分かっているのか、お前ら!!」

アーサーは正座する樹里とマーリンを指さし、カンカンだ。だが説教する余裕が出てきたのも確かで、樹里は傍に控えているランスロットに目を向けた。

「本当、ランスロットが来てくれて助かったよ。あの時ランスロットがこなければ、どうなっていたか……」

ランスロットの雄々しい姿を見上げ、樹里は目を潤ませた。一時は自分が殺してしまったと悔やんだが、こうして無事な姿で戻ってきてくれた。ラフラン湖での説得が効いて、魂が肉体に戻ってくれたのだ。

涙目で見上げる樹里に、何故かランスロットは困惑した表情を浮かべた。思った反応が返ってこないので、樹里は首をかしげた。ランスロットは言いづらそうにアーサーを見やる。

「お話の最中、申し訳ありません。……アーサー王、この方はどなたですか……？」

ランスロットの戸惑った面に、樹里もアーサーもマーリンも驚く。自分が分からない……？ からかっているのかと思ったが、ランスロットはそんな冗談を言う性格ではない。

「何を言っている？　樹里だ、神の子だ」

アーサーが呆れて言い返すと、ランスロットは額に手を当て、苦しげに眉根を寄せた。

「神の子……？　我が国には確かに神の子がいます……でも何故でしょう、私には神の子に関する記憶がない……。私はあなたを知っているのですか……？」

ランスロットはまるで怯えるように樹里を見つめて呟いた。

ランスロットは樹里に関する記憶を一切なくしていた。出会いも様々な出来事も、妖精の剣で胸を貫かれたことも。樹里はアーサーとマーリンと顔を見合わせた。

「妖精王が樹里に関する記憶を消したのかもしれませんね。必要ないものとしてか、あると再生できなかったからかは分かりませんが……」

マーリンが憐《あわ》れむようにランスロットを見て言う。ランスロットに知らないと言われて悲しくなったが、樹里は黙っていた。ランスロットの亡霊と会った時、ランスロットは自分の最期を悔やんでいるようだった。アーサーを殺そうとしたこと、樹里を無理やり自分のものにしようとしたこと、ランスロットは己を許せずにいた。高潔なる魂を持つがゆえに、ランスロットは己に厳しい。だから妖精王は樹里に関する記憶をすべて消してしまったのかもしれない。

「そうか……。なら今から覚えておけ。樹里は私の愛する伴侶《はんりょ》だ。神の子と俺は真実の愛で結ばれ、子どもを得た。その子は妖精王が連れていってしまったが……」

アーサーは樹里を引っ張り上げ、肩を抱いて紹介した。改めて言われると照れるが、樹里は神妙な面持ちで頷いた。ランスロットは目を見開き、樹里の前に膝を折った。

「なんと、そうでしたか……。失礼いたしました。アーサー王の大切なお方なら、私にとっても大切な方。我が命に代えましても、お守りいたします。カムラン村でのあなたの働き……素晴らしいお方だと感じ入っておりました」

ランスロットが樹里の左手をとって、手の甲に唇を押し当てる。ふっとランスロットが顔を上げ、瞳を揺らした。何か動揺したように見えて、どきりとした。

「あなたを見ていると不思議な感覚です。胸が……。いえ、気のせいでしょう」

ランスロットは何かを振り切るように立ち上がった。このまま忘れていたほうがランスロットのためなのだと思い、樹里はアーサーにもたれかかった。

「ところでアーサー王、私はしばらく妖精王の下にいたのですよね？　気づいたら愛馬が目の前にいて、この近くでアーサー王がお前を待っていると妖精王に言われました。どうやら妖精王がカムラン村の近くに私を連れてきてくれたらしいのです。記憶がおぼろげなのですが、ケルト族の者と闘って……その後どうなりましたか？　あと、私が地下神殿で与えられたネックレスについてご存じありませんか？」

ランスロットは樹里以外の記憶は残っていて、目覚めた際に翡翠《ひすい》のネックレスがないことにショックを受けたらしい。

「ケルト族とは和解した。今はコンラッド川近くに補給地を共に造っている。お前のネックレスは俺がモルガンに投げつけた際に壊れてしまった。マーリンが修復しているが、直るかどうかは分からん。お前のいない間にいろいろなことが起きたのだ。あとでゆっくり話して聞かせよう」

アーサーはランスロットの肩を抱いて言った。ランスロットのおかげで樹里たちに対する説教はうやむやになった。

「負傷者の手当てを終えたら、王都に戻る。我々には時間がない。早急にモルガンとの闘いについて決めなければ」

アーサーは顔を引き締めて言った。三カ月——その間にコンラッド川に補給地を造り、モルガンの棲み処に攻め込まなければならない。こんな時に自分は足手まといになってしまった。右腕の自由は利《き》かないし、腹の子がいない今、樹里はモルガンに対して自分を守る術がない。それに母を助ける手立てもまだ何も思いつかない。

本当に大丈夫なのだろうか？　自分はともかく、次にモルガンと対峙した際にアーサーを守れるのだろうか？

不安はいっぱいある。それでもやるしかないんだと樹里は自分を奮い立たせた。
アーサーの腕に抱かれ、前を見つめるしかないのだと――。

Camelot Kingdom

7 時を渡る

Across the Time

ワインバー『絆《きずな》』は開店時から客が入っていた。週末ということもあって、予約の客も何組かいる。この調子ならすぐに満席になるだろう。店のオーナーである海老原《えびはら》翠《みどり》はカウンターに出て客の相手をしながらそう呟いた。

店は亡き夫が選んだ物件で、開店当初からどんなに不況でも赤字になったことがない。オーナーである翠にとってはありがたい話だが、そこには特別な理由があるのではないかと思えてならない。亡き夫は、何があってもこの土地を売らないようにとしつこく言っていた。まるで遺言のように思えたのもあって今まで売る気は起きなかったが、最近、翠は別の理由でワインバーを辞めようかと思っていた。

（樹里《じゅり》……大丈夫かしら？）

いつも気にかかっているのは一人息子の樹里だ。亡き夫の忘れ形見と思い、女手一つで大切に育ててきた。翠に似て綺麗な顔立ちをしているせいで、小さい頃から樹里は同性に言い寄られてきた。樹里が自分の容姿に神経質なのは知っていた。女性に対するような誉め言葉を言われると頭に血が上って手が出てしまう。

だから間違っても同性愛に走ることはないと思っていたのだが……。

「はぁ……」

地下にあるワインセラーにビンテージワインをとりに行った翠は、ついため息をこぼしてしまった。

一人息子が変な世界に巻き込まれて子どもを身ごもった。それがどれだけ異様なことか。異世界からやってきた魔術師マーリンが翠に爆弾発言をしていったのはだいぶ前の話だ。よりによって樹里はアーサー王と恋仲になり、異世界で奮闘しているらしい。あの男嫌いの樹里がどうしてそうなったのか皆目見当もつかないが、本人が認めたのだから真実なのだろう。

こうして日常を過ごしていると、あれはすべて夢だったのではないかとさえ思える。樹里がマーリンと異世界に消えてしまったことや、自分が魔女モルガンと魂《たま》分《わ》けした存在だということ、亡くなった夫である寧《ねい》が異世界の住人だったこと……。

ワインボトルを抱え、翠はまたため息を吐いた。

この先、樹里と会える日はくるのだろうか。大切な一人息子と永遠のお別れは嫌だ。孫に囲まれて暮らすのが夢だったのに、一人では寂しすぎる。

「いっそいい人でも見つけようかしら……」

苦笑しつつ翠は階段に足を向けた。こんな高いワインを所望する客がいるのだ。じゃんじゃん飲ませて儲《もう》けなければ。

「……っ!?」

階段に足をかけた翠は、背中にぞくぞくっと寒気を感じて振り返った。

ワインセラーの床に、光る模様が浮かび上がった。どこかで見たことがある、これは——魔術師マーリンが樹里と異世界に消えた時の魔方陣。

地下室に眩しいほどの光が点滅した。視界が利《き》かなくなって、目を細めた瞬間、怖気《おぞけ》を感じさせる声が聞こえてきた。

「見つけたよ……久しぶりだねぇ……」

魔方陣に現れたのは、一人の女性だった。その顔を見て翠はぎょっとした。長い黒髪、吊り上がった目尻、胸元の開いた黒いドレスを身にまとった女性——自分と同じ顔、同じ声をしたもう一人の自分。

樹里たちの話は本当だった。これが、魔女モルガン——。

「な、何しに……」

翠は危険を察知し、階段を駆け上がろうとした。だが触手のように伸びる黒いモルガンの髪が翠の手足を拘束した。抗ってもそのまま引きずり下ろされ、モルガンのほうに引っ張られる。持っていたワインが床に落ちて割れ、辺りに芳醇《ほうじゅん》な薫りを放った。翠の手にワインボトルの欠片《かけら》が飛び、血が垂れる。

「自分の命を守るために、予備の命を別世界に置いたことがそもそもの間違いだった……」

モルガンの声は自分と同じなのに、恐ろしいほど冷たく聞こえた。翠は手足をばたつかせ、必死に逃れようとしたが、抵抗すると逆に首にまで髪が絡みつき、絞め上げてくる。

「く、くるし……」

翠は息苦しさにもがいた。いつの間にかモルガンに近づいていたのだろう。翠の髪をモルガンが鷲掴《わしづか》みにして、魔方陣に引きずり込まれる。

「お前は連れていく。お前を人質にすれば、樹里は抵抗できないからねぇ。ほほほ、自分と同じ顔の者をいたぶるのは新しい楽しみだこと。最初から手元に置けばよかった。自分の城の牢獄《ろうごく》に閉じ込めておけば、ネイマーだとて馬鹿なことはしなかったはず……」

翠はモルガンの顔を睨《にら》みつけた。唇を吊り上げて愉悦の表情を浮かべるモルガンは、これ以上ないほど醜悪だった。これは私であって私ではない。翠は手首に絡まる髪を歯で食いちぎろうとした。

頬を思い切り引っぱたかれる。

「お前は私の作ったおもちゃに過ぎない」

冷酷に光るモルガンの眼差しを浴び、翠は唇を噛んだ。

「私が作ったものだ、お前は私の自由にしていいのだよ。分かったら、逆らうんじゃない」

モルガンはそう言うなり、甲高い声で歌い始めた。再び魔方陣が光り、ワインセラーが光に満たされる。翠はこの円の外に出ようと手を伸ばした。

けれど、すでに魔術は完成された。

地下室を満たした光が消えた時、そこには誰の姿も見えなかった。割れたワインボトルが転がっているだけだった。

POSTSCRIPT
HANA YAKOU

こんにちは夜光花です。

少年神シリーズもとうとう六冊目です。終わりが近づいてちょっと寂しいです。

今回は『アーサー王物語』を題材としているのでモルドレッドとの闘いは外せません。あとマーリンと母親の確執、妖精王とランスロット、どれも予定通り進められて満足です。このシリーズ、いつも楽しく書かせてもらっています。闘っている男を書くのが大好きなので本当にいつまでも書いていたいくらいですよ。

イラストの奈良千春先生、毎回見惚れるほど美しい絵をありがとうございます。表紙のすごさに担当さんと感嘆しておりました。え、これ写真なんじゃ？　ってくらいリアルな甲冑と背景に驚きです。口絵も私が好きなシーンで、奈良先生の絵が入ると世界観を補ってくれるのでありがたいです。あとダヤンが怪しい感じで、さすがって思いました。最後までどうぞよろしくお願いします。

担当さん、毎回素晴らしいアドバイスありがとうございます。好きにやらせてくれるのでありがたい！　これからもがんばりますので、ご指導お願いします。

読んでくれる皆さま、最後までシリーズを見守ってくれると嬉しいです。

ではでは。次の本で出会えるのを願って。

夜光花

夜光花　URL　http://yakouka.blog.so-net.ne.jp/
夜光花：夜光花公式サイト

このたびは小社の作品をお買い上げくださり、ありがとうございます。
下記よりアンケートにご協力お願いいたします。
http://www.bs-garden.com/enquete_form/

少年は神と愛を誓う

SHY NOVELS344

夜光花 著

HANA YAKOU

ファンレターの宛先
〒101-0065 東京都千代田区西神田3-3-9大洋ビル3F
(株)大洋図書 SHY NOVELS編集部
「夜光花先生」「奈良千春先生」係

皆様のお便りをお待ちしております。

初版第一刷2017年5月3日

発行者	山田章博
発行所	株式会社大洋図書 〒101-0065 東京都千代田区西神田3-3-9大洋ビル 電話 03-3263-2424(代表) 〒101-0065 東京都千代田区西神田3-3-9大洋ビル3F 電話 03-3556-1352(編集)
イラスト	奈良千春
デザイン	Plumage Design Office
カラー印刷	大日本印刷株式会社
本文印刷	株式会社暁印刷
製本	株式会社暁印刷

ISBN978-4-8130-1312-9